「ギャハハハハハ！
ルオン！
なんだそりゃ！」
（ルオン、マジかよ。
だけどお前はそこで
へこむような奴じゃ
ないだろ？）
耳兜の冒険者
～あいつに関かれるな・目を合わせるな・関わるな～
（あーあ、キープしておいたけど
無駄だったかな？）
「ル、ルオン。
落ち込まないでね。
私は笑ったりしないわ」

「いや、別に取って食ったりしないって。で、誰だ？」
「ぼ、冒険者……お仕事で魔物をぶっ殺しにきたの！」
「こんな時間まで？」
「そうそう！　でも、ぜんっぜん見つからなくて帰ろうかなって思ったけどね！」

「ただの旅人だ」

「変わった兜を被っているねぇ。それってなに？」

「オレの神器だよ。音がちょっとよく聞こえるだけさ」

「ふーん、変なの。耳兜だよねぇ」

「あと少し、あと少しって進むうちにこうなった！ ね、君は？」

「蛇腹剣？」
「耳兜、持ってけ」
（頑固な鍛冶屋その七。説明は手短に、だ）

MIMIKABUTO NO BOUKEN SHA

耳兜の冒険者

～あいつに聞かれるな・目を合わせるな・関わるな～

ラチム RATIMU

ILLUST. ネコメガネ

enterbrain

CONTENTS

MIMIKABUTO NO BOUKEN SHA

イラスト　ネコメガネ

プロローグ

今日は神託《しんたく》の儀《ぎ》。

オレ、ルオンは十三歳になった時に神器《じんぎ》を授《さず》かるかスキルが芽生《めば》えることになっている。

人は生まれた時に神から贈り物をもらっているんだけど、それが十三歳になるまで眠ったままなんだとか。

今年の対象者はオレことルオンを含めて三人。

オレと幼馴染《おさななじみ》の二人、ラークとサナだ。

この人口五十人に満たない村にもわざわざ国の神官と兵士達はやってくる。

遠征費も税金が使われているのかなとか余計なことを考えながら、村の広場で神託の儀が始まるのを待っていた。

ここにはオレの親父や村長、村人達が集まっている。

「ルオン！　俺にすげぇスキルか神器が与えられたらどうする？」

「すごいなって思うよ」

「次第によっちゃお前は一生、出世できずにこの村に骨を埋《うず》めることになる！　ざまぁねぇな！　ギャハハハハ！」

「おう、お前は立派になれよ」

ラークは昔からオレによく突っかかってくる。

こいつがオレに話しかけてくる動機は九割九分マウントだ。

最初はむきになって言い返していたけど、今は軽く流せるまで成長した。

言い返すよりも適当に煽《おだ》てたほうが面白いと気づいたのが八歳の時だったかな。

そしてこんな流れになると必ず止めに入ってくるのが――

「ラーク！　やめなさいよ！」

「おうおう、お熱いことで！　ルオン！　お前、女に庇《かば》われて情けない奴《やつ》だな！」

サナはいつもオレを庇う。

サナは大人達からも将来は美人になると褒《ほ》められている。

村人の中でサナの結婚相手はオレかラークかで派閥があるほどだ。

正直、どうでもいい。

この物臭《ものぐさ》な性格はたぶんだけど、こんな時ですら酒を飲んでいる親父に似たんだと思う。

「ルオン！　酒製造スキルを頼むな！」

「もしそんなスキルだったら親父に酒を売りつけて暮らそうかな」

「おぉ、そりゃナイスだな！　最後は息子の酒で死ぬのも悪くねぇ！」

「この飲んだくれが」

自分が死ぬ時は酔《よ》っぱらって崖から転落するか、アルコールに殺されるかだと豪語するだけある。

品性も遠慮もない親父は村中から白い目で見られているし、もちろん城から来た公務従事者達からも同じ目で見られてる。

「こ、こほん！　ではさっそく神託の儀を執《と》り行《おこな》う！　ルオン！　ラーク！　サナ！　こちらへ！」

この神託の儀、大層な力が芽生えると思われがちだけどそうとは限らない。

少し考えればわかる通り、そんなにすごいものならこの村の大人達はとっくに畑仕事なんか止《や》めている。

つまり大半はしょうもないスキルが芽生えるだけだ。

ちなみに神器はほぼ授からないらしい。

隣の家のノビンさんは「鼻食《はなぐい》」スキルだ。鼻で食事ができるスキル。以上。

鼻でスパゲティをすすって幼少期のオレを笑わせてくれたいいおじさんだよ。

そんな惨状《さんじょう》なのに国はお金をかけて、わざわざこんな村にまで神官と兵士達を送り出す。

「じゃあ、最初は俺だ！」

「ラークか。では始めよう」

堂々と立つラークの前で神官が呪文を唱《とな》えた。

ラークの体がカッと光って思わず目を閉じてしまう。

「ビ、ビックリした……ど、どうなったんだ？　え？　なんだこの剣？」

大剣がラークの手に握られていた。

いつの間に？

「か、鑑定《かんてい》しよう」

神官が剣に手を当てた後、驚いたようにして目を開く。

護衛の兵士達も動揺しまくっていた。

「し、神剣エクスカリバー！　万物《ばんぶつ》を斬り裂くことができる！　しかも絶対に盗まれないし壊れない！　こ、こんな村の子どもが、伝説の剣を！」

よくわからないけど、ラークの奴にとてつもない神器が与えられたらしい。

まさに神から与えられた剣というやつか。

でも神器は心と書いて心器《しんき》とも言うらしい。

この場合、心の剣と言うほうが正しいのかな？　どうでもいいか。

「ラーク！　すごいじゃない！」

「ありがとな！　サナ！　お前はあまり気負《きお》うなよ！」

「えぇ！　でも私もそんな神器がいいわ！」

次はサナの番だ。

そしてサナには神器じゃなくて「回復」スキルが芽生えた。

「回復スキル！　高位の回復魔法と同等でありながら、魔力を一切消費しない！　しかも成長すれば踊っただけで周囲を癒《いや》せるようになる！」

スキル。それはものによっては魔法を凌駕《りょうが》することもあると聞いた。

今回芽生えたサナの回復スキルは、あらゆる回復に関するスキルが使えるようになるものだと思う。

それならラークの言う通り、こんな村に骨を埋めるべきじゃないのかもしれない。

というか神官達はそういうスキルを待っていたんだと思う。

「サナにラークといったか。城へ来てもらいたい。陛下のお眼鏡《めがね》に適《かな》えば、いい役職が与えられるだろう」

「望むところだぜ！　なぁサナ！」

「もちろんよ！」

神官や兵士達、ラーク、サナ。村人達が大騒ぎだ。

二人を取り囲んでちやほやして、今夜あたり宴《うたげ》でもやるかもしれない。

おいしいものが食べられるならオレとしては大歓迎だ。

「神官。あと一人、残っていますよ」

「ん？　おぉ、忘れていた」

いや、面倒なら別にやらなくてもいいんだけど。

消化試合と言わんばかりに神官がオレに手をかざす。

ラークの時と同じように一瞬だけ光った。光ったけど微弱だ。

「……む？　レオンだったかな。何か頭に着けているな」

「ルオンです。名前まで忘れないでください」

「すまない。で、それは？」

「あ、これ何ですかね？」

気がつけば頭に何か被《かぶ》っていた。

これは兜《かぶと》か？　だけどそれにしては貧弱だ。

耳の部分が丸く保護されているけど、それ以外はほとんど守られていない。

耳を守っている円形部分は布か何かでできているのかな？

これが薄くて細い彎曲《わんきょく》した板で繋《つな》がっているだけだ。

「ひとまず鑑定してみよう。はぁ……」

「露骨《ろこつ》にため息つくほどだるいなら別にやらなくても」

「……ヘッドホン」

「はい？」

「その神器はヘッドホンというらしい。音がよく聞こえるようになる。絶対に盗まれないし壊れない。以上」

そうか。それはよかった。

神官含めてモチベーション低そうだし、これで神託の儀は終わりだ。

元々期待してなかったし、スキルや神器なんかよりも生きていく力があればそれでいい。

あそこで鼻をほじってなんか飛ばしている親父から教わったことだ。

今日はこれでお開きお開き――ん？

「ギャハハハハ！　ルオン！　なんだそりゃ！（ルオン、マジかよ。だけどお前はそこでへこむような奴じゃないだろ？）」

「ル、ルオン。落ち込まないでね。私は笑ったりしないわ（あーあ、キープしておいたけど無駄だったかな？）」

オレの聞き間違いか？

いや、こいつらの声は確実に聞こえている。

じゃあ、今のは一体？

「そのヘッドホンという兜は本当によく聞こえるだけか？（こいつ、マジでクソ効果しかない神器を授かってしまったのか？）」

神官がそんなことを聞いてきた。

あなたが言い出したことでしょと喉《のど》まで出かかってしまう。

しかし本当のことを言うつもりはない。これが神官の心の声だとしたら尚更《なおさら》だ。

そう、このヘッドホンは本当によく聞こえる。

聞きたくないことまで聞こえてしまうほどに。

他にも風や虫の音みたいな細かいものまで拾《ひろ》っているみたいだ。

神官が持つ鑑定スキルは凄《すさ》まじいけど、あくまで表面的な部分しか知ることができないようで助かる。

「そうですよ。だけど、そう遠くまで聞こえるというわけではないですね」

「すまないが検証させてくれないか？（もう少し見極める必要があるな）」

それから神官はありとあらゆる方法でオレ達を試《ため》した。

さすがにこんなヘッドホンなんて珍妙《ちんみょう》なもの、ろくに確かめずに帰るわけにはいかないんだろう。

音がよく聞こえるならどこまで聞こえるかを試した後は兵士との模擬戦をさせられた。

一方でラークは剣術だけで神官達を唸《うな》らせたし、サナもちょっとした回復だけで大喜びさせている。

よし、いいぞ。

これだけで一日の終わりが近づいてきた。

「ううむ、剣術の腕は悪くないがヘッドホンの効果は残念ながら……。申し訳ないが王都行きは見送りだ（もしかしたらと思ったんだがなぁ）」

「いえいえ、行きたかったですけどそちらの事情もわかります。こちらこそお手数をかけてすみません」

「いや、こちらも仕事としてやっただけだ。こんな仕事をしておいて何だが、スキルや神器だけで人生が決まるわけではない。だから落ち込まないようにな（まぁ二人も当たりを引いたんだ。贅沢《ぜいたく》は言ってられんな）」

「はい。前向きに生きたいと思います」

もちろんウソだ。

オレは出世や地位に興味がない。

ラークみたいに一度しかない人生ならでかくなるべきという志《こころざし》もない。

サナみたいにいいお嫁さんになりたいという目標もない。

そのサナは出世しそうな男にしか興味がないことがわかってしまったが。

オレの迫真の演技でなんとか神官と兵士達を騙《だま》せたみたいだ。

オレのヘッドホンの検証が終わって夜、ラークとサナは村長や村人達に囲まれて大はしゃぎだ。

「ラークよ。村長としてお前を誇《ほこ》りに思う。しかしだな、その神器をどう扱うかはお前次第だ」

「わかってるって！　もし俺が出世したら、この村のことを広めてやるよ！　この村の野菜はとびっきりうまいってな！」

「それは助かるが……」

村長としては心配だろうな。

確かにラークはオレより剣の腕が立つし、村の仕事を積極的に手伝う。

大人達からも評判がいい。

昔、年下の子どもが川で溺《おぼ》れた時に真っ先に助けに行くほどの無謀《むぼう》、いや。勇敢《ゆうかん》野郎だ。

誰がどう見てもラークは頼りになるし、人当たりがいい。オレ以外には。

だけどあいつはどこか危なっかしい。頭で考えるより体が先に動くような奴だ。

「サナもだな。ワシらに止める権利はないが、くれぐれも悪い男には引っかからんようにな」

「わかってるって！　こう見えても男を見る目はあるつもりよ！（少なくともルオンはないわねー）」

心の声とは裏腹に、サナは悪戯《いたずら》っぽく舌を出した。

下手したら人間不信になるな、これ。

だけどサナに関しては心のどこかでわかっていた。

いつもラークからオレを庇うけど、それ自体がわざとらしく感じたこともあった。

オレはあくまで婿候補《むこうほ》の一人だったというだけなんだろう。

神官が村長と挨拶《あいさつ》をして話を終えた後、再びラークとサナに向き合った。

「わかっていると思うが、君達に王都行きへの拒否権はない。そのための我々の遠征なのだからな」

「はい！　わかってます！　なぁ、サナ！」

「そうよ。神官さん、私はどんな仕事をするの？」

「それはわからん。急で申し訳ないが出発は明日だ。当分は村に帰ってこられないから、今日のうちに挨拶を済《す》ませておくようにな」

いきなりすごい神器やスキルをもらって王都へ来いだなんて、オレだったら絶対に嫌だ。

オレがほしいのは生きる力だ。そこに出世や地位なんて必要ない。

＊＊＊＊

村長は難色を示していたけど、村人の大半はラークとサナの旅立ちを喜んでいた。

夜の宴では絶えず二人が中心だ。

将来は王国騎士団のトップか、はたまた爵位《しゃくい》を与えられて領地をもらうか。

そんな話題が尽《つ》きない。

畑以外何もない小さな村から大物が出るとなれば、大半の大人達が喜ぶのも当然だ。

一方でオレに話しかけてくる人はいなかった。

ヘッドホンなんて珍妙なものを授けられてしまったオレにかける言葉なんてないということだろう。

何人かが気の毒そうにちらちらとこっちを見てくる。

オレはおいしいものが食べられるなら、どうでもいい。

このまま静かに終わってくれたらよかったんだけど、ラークの奴がこっちに来た。

「よう、ルオン。お前さ、そんな神器でこれからどうするんだよ。なぁ？（冴《さ》えねぇ野郎だな。少し俺が発破《はっぱ》をかけてやるか）」

「どうもしないよ。オレはオレの生き方を見つけるだけさ」

「剣術勝負で俺に一度も勝てない奴がどこに行って何ができるってんだ。お前さ、マジで危機感くらい持てよ（これで少しは火がついたか？）」

「危機感ねぇ」

思うところはあるが、ここで言い返してもマウントを取られて終わるだけだ。

要するにこいつはオレを本気にさせて自分と同じ舞台に立たせたいのか？

だから昔からオレに絡んできたのか。

「ラーク。王都に行けば、すごい奴なんかたくさんいる。オレのことなんか忘れてしまうくらいにね」

「な、なんだって？（クッソ！　こいつマジでムカつくな！）」

「じゃあな。オレはもう帰って寝る。お前も明日は早いんだろ」

「あーあ！　まーた逃げやがった！（いつもこうだ！）」

帰るついでに酔っぱらって下品な歌を大声で歌っている親父を捕まえた。

どうせ放っておいてもその辺で寝るから、ちょうどいい。

さて、今日はもう寝よう――

「おい、待てよ！（もう我慢《がまん》ならねぇ！）」

「なんだよ、ラーク。明日は早いぞ」

「俺と勝負しろ。お前に勝って景気よく王都に行きたいからな。ザコのお前でも、せめて俺の役に立たせてやるよ（最後ってんなら、何としてでもこいつを本気にさせてやる）」

こいつ、どこまでオレに執着《しゅうちゃく》するんだ。

とにかく勝負なんてしたくない。

このまま帰らせて――

「よし、やってみろ」

「バンさん？」

村の警備を務めるバンさんが勝負を後押ししてきた。

オレ達は子どもの頃からこの人に剣術を教わってきた。

物腰が柔らかく落ち着いていて、親父なんかより尊敬できる大人だ。

「もうラークとは会えないかもしれないだろ？　最後くらいやってみろよ。一度くらいラークに勝ちたいとは思わないのか？」

「最後……」

オレ達の様子を見た村人達がやってきた。

ワイワイと騒ぎ立てて、すっかり対決する流れだ。

大人達の酒の肴《さかな》にでもなれと？

「おう！　やれやれ！（面白くなってきたぁ！）」

「ルオン！　お前が勝ったら秘密の釣《つ》り場を教えてやるぞ！（ホントは知らんけどな）」

「こっちは一年分の干し肉だ！（仮に勝っても三日分くらいでごまかせるだろ）」

大人達のウソがひどい。が、それとは別に最後と言われて少し思うところがある。

何よりお世話になったバンさんの言葉だ。

オレも非道な人間じゃない。きちんと決着をつけてやらないとな。

「ラーク、やろう」

「そうこなくっちゃな！　お互い神器はなしにしてやるよ！（よぉぉし！）」

「ただし、オレが勝ったらお前はオレのことなんか忘れて王都で出世していい暮らしをしてくれ。いいな？」

「はぁ？　言われるまでもないが？（つまりやっとやる気になったってことか？）」

オレとラークは向かい合って構えた。

なんと勝負は意外な結果で終わる。今までラークには一度も勝てなかったオレがあっさりと勝ってしまった。

第一章　理想の人生に向けて旅立とう

「ぷっ……ひひひひ……ひゃっひゃっひゃ……ふひはははははっ！」

ラーク達が旅立って数日が経過《けいか》した。

日が落ちた頃、夕食の席でまた親父が思い出し笑いを始めている。

このままバカ笑いされたら、また苦情がくるんだが。

民家とは離れてるはずなのに、親父の笑い声は無駄に遠くまで届く。

そして少し迷ったけど心の声がうるさそうだから、今はヘッドホンを外していた。

「いつまで笑ってるんだよ。もう数日前のことだろ」

「いやいや、だってお前……。さすがに幼馴染《おさななじみ》にあんな勝ち方するかぁ？　ひひひ……」

「誰の子だと思ってるんだよ。親父でもそうしただろ」

「俺ならもっと手早く決めるがな。くひひ……」

クソ親父め。息子を笑っておいて、自分はもっと非道な手を思いついているときた。

つまりオレがラークとの勝負でやった砂での目《め》つぶしなんて生ぬるいってことだ。

更《さら》に足を引っかけて転《ころ》ばしてから二、三発殴った後に剣を首の近くの地面にぶっ刺《さ》して終わり。

もちろんブーイングだよ。

汚いだのさすがクソ親父の息子だの、父親が終わってるだの、親子まとめて畑の肥《こ》やしにしてやるだの。

大半が親父を絡めた罵倒《ばとう》だった。

だから誰の血が流れているせいだという話だ。

「サナの母親にも罵声を浴《あ》びせられたよ。あんたにサナはやらないってさ」

「ほしかったのか？」

「いらない」

「だよな。あれと結婚したら共食いだ」

「どういう意味だよ」

「人生の墓場ってそういうもんだ」

わかるような、わからないような。

オレがヘッドホンでようやく知ったサナの本性に親父はだいぶ前から気づいてたってことかな？

親父はバカの振《ふ》りして本当にバカだけど、肝心《かんじん》なところでバカじゃない。

だったらオレが意図《いと》するところもわかっているかもしれない。

「まぁお前は間違ってねぇよ。あのラークにはいい薬になったんじゃないか？」

「あいつは剣の腕はあるけど真《ま》っ直《す》ぐすぎるよ。剣の勝負なんて一言も言ってないのに、バカ正直に剣しか使わないからな」

「剣の勝負じゃお前に勝ち目はないもんな」

「そう、どう考えてもあいつは剣術の天才だ。おかげであいつとの訓練はいい刺激になったけどな」

オレ自身も剣術はそこそこだと思うけど、ラークはオレを圧倒する。

オレだって手を抜いていたわけじゃない。

あくまで剣術の範囲で、本気でやってきた。

だけど今回は望み通り、本当の意味で本気の勝負をしたんだ。

「これから先、オレみたいな奴《やつ》と戦う機会があるかもしれないだろ。だから最後に教えてやったんだよ」

「ラークはお前に何も言ってこなかったのか？」

「旅立ちの時にしっかり挨拶《あいさつ》したの見ただろ。オレの手を握ってくれたよ。あいつがだぞ？」

「オレの手は握ってくれなかったぞ？」

「屁《へ》を手に当てて臭いをかいだ直後じゃしょうがないだろ。バッチリ見られていたぞ」

あの時、ラークは心の中でオレに感謝していた。

やっと本気を出したなってさ。最後にようやく認めてもらえた。

「友情がお熱いことだな」

「羨《うらや》ましいだろ？」

親父は頭から足先まで不浄《ふじょう》の塊《かたまり》のような人間だけど、オレは感謝している。

夜に大声で下品な歌を歌って村人から激怒されたり、酔《よ》っぱらってトイレと間違えて隣の家のドアに小便をかけるような親父だけどさ。

ラークとの勝負だって親父の人生観が影響していると思う。

親父はデタラメな人間だけど、オレに生き方ってやつを教えてくれた。

あれは確かオレが六歳になった頃かな。

親父と二人で山の中に入ったんだ。山菜《さんさい》狩《が》りか何か、目的は忘れたけど。

夜、キャンプをすることになって眠って目が覚めたら親父がいなかった。

近くには「自力で村に戻ってこい。今のお前ならできる」という書置きがあった。

史上最低のクソ親父だ。だけどオレは生還《せいかん》したんだ。

親父の横でサバイバルのやり方を見ていたおかげだった。

村に帰ったら、オレを置いていった親父が木に縛《しば》られてボコボコにされてたのもなつかしい。

親父はオレを見てないようで見てくれている。

都合のいい解釈だけど、オレはそう思う。

「……親父。オレも旅に出るよ」

「そうか。達者《たっしゃ》でな」

「神託《しんたく》の儀《ぎ》が終わったらそうしようと思っていた。このままじゃオレはいつまでも親父の庇護《ひご》下《か》だからな」

「そりゃいいな。うまいもん食って怖い目にあっていい女を見つけてこい」

ラークに影響されたわけじゃないけど、オレの生き方はオレが決めたい。

地位や名誉なんかどうでもいい。生きられる力を身に着けたかった。

「親父、育ててくれてありがとう」

「オレはお前を育てた覚えはねーぞ？　お前が勝手に育ったんだ」

「そうなのかな？」

「そうだ。オレはお前の近くで息を吸って生きただけだ。お前が勝手に真似《まね》したんだよ」

確かに言われてみれば、親父はオレにああしろこうしろとは言ってこなかった。

ろくに畑仕事を手伝わなくても、何も文句を言ってこなかった節《ふし》がある。

だけどオレは手伝った。親父が言う生きる力を身に着けるためだ。

これから先、人類が滅《ほろ》んでも裸《はだか》で生きていける力がありゃいい。

何も大きな夢を追わなくてもいい。金持ちにならなくてもいい。

適当に稼《かせ》いで酒を飲んだくれて楽しく暮らせりゃ人生勝ちだ。

大層な仕事をして、大した人間関係も築けないのに愛想《あいそ》を振りまいてストレスを感じながら
生き続けて気がつけば老人。

下手をすれば一人で歩くこともできなくなり、病気で苦しむことすらある。

そして自分は何のために生きてきたんだろうかと考えながら人生の幕を閉じる。

せっかく一度きりの人生なのに、そんなのはごめんだと親父は酔っぱらった時にいつも言う。

たぶんこれ、通算数百回は聞かされたんじゃないかな。

オレはそんな生き方を本当は尊敬しているんだ。

オレは間違っているとは思わなかったし、いつしかそれでいいと思えるようになった。

さすがに屁の臭いをかいだり、鼻くそを飛ばすような人間にはならなかったけどさ。

「ルオン、その……ヘッドホンっていったか。今はつけないのか？」

「うるさいからな」

「オレがつけてみるわ」

「絶対に盗めないから無理だよ」

「ゲッ！　ピクリとも動かせねぇ。きもいな」

親父がヘッドホンを取ろうとしてもビクともしない。

後で神官が話した内容によると、これが神器《じんぎ》の特性らしい。

こういう特性を見る限り、やっぱり神器じゃなくて心器《しんき》じゃないのかと思う。

心と一体化してるみたいな。よくわからんけど。

「そのヘッドホンって本当に音がよく聞こえるだけか？」

「そうだよ」

「ウソついてないか？」

「オヤジ、酔っぱらってベラベラ喋《しゃべ》るだろ？」

「だよな」

親父はニカッと笑った。

＊＊＊＊

長年、お世話になった村ということでオレは一日かけて挨拶回りをした。

ラークとの戦いでオレに悪印象を持った人には無視されたけど、概《おおむ》ね気持ちよく送り出してくれたと思う。

意外にもラークの両親はオレに謝ってくれた。

ラークが昔からオレに突《つ》っかかっているのを知っていて気にしていたみたいだ。

かといって仕返しにやったと思われるのは不本意だから、きちんと説明しておいたけど。

餞別《せんべつ》ということでいくらか持たせてくれたし、サナの両親もなんだか申し訳なさそうだった。

オレがサナのことを好きだったと思っているのかな？

それなのにラークと一緒に王都へ行ってしまったから、何かしらの負《お》い目《め》があったのかもしれない。

村長はお前ならどこへ行ってもやっていけるだろうなんて背中を押してくれた。

というわけでラークとサナの時より少ない人達に見送られて、オレは無事に旅立ったのだった。

旅とは言っても、特に目的があるわけじゃない。

これはオレが生きるための知恵や力を身に着けるための旅だ。

だから今は色々とやってみたい。

オレみたいなのは冒険者に収まるのが無難なのかな？

一応、それも視野に入れている。

だけど冒険者だけで生計《せいけい》を立てるのは危ない。

もし冒険者の仕事がなくなったら、当たり前だけど冒険者なんて成り立たない。

そうなった時に一つの仕事に依存《いぞん》しているのは危険だ。

だからオレは冒険者だけじゃなく、いざとなったら森の中で一人で生きられるような知恵や技術も必要だと思っている。

「ん？　あれは？」

旅立ってから三日ほど経《た》った頃、オレは初めて同じ旅人らしき人を見た。

近づくにつれて、その服装や荷物から行商人《ぎょうしょうにん》だとわかる。

道端に座り込んで、なんだかしょんぼりしているみたいだ。

経験は大切だと思っているけど面倒ごとは避けることにしている。

オレは行商人の前を何食わぬ顔で通り過《す》ぎた。

「あの、そこの君……（やっと来たと思ったらガキかよ……）」

「はい？」

普通に声をかけられてしまった。

しかもなんだこれ。何を待っていたんだ。

無視すればよかったけど、思わず返事をしてしまった。

「私は商人をやっているムスーヌという者だ。王都からこの辺りのカムリア地方を巡《めぐ》っているんだがね。すまないが君、地図を見せてくれないか？（しょうがない、まずは信用させよう）」

「地図、ですか？」

「あぁ、恥ずかしい話なんだが地図をどこかで失《な》くしてしまってね。うっかり落としたのかもしれない……。気づいた時にはもうこんなところまで来てしまっていた（よしよし、我ながら完璧だ）」

「それは大変ですね。それでオレはどうすれば？」

ムスーヌと名乗った男はわざとらしく額《ひたい》に手を当てて困った振りをしている。

旅に出て初めて出会った人間がこれとか夢も希望もないな。

親父に言わせれば人生、良い事も悪い事もあるってことなんだろうけどさ。

「大変申し訳ないんだが、君についていってもいいかな？　とりあえず次の町で新しい地図を買いたいんだ（さぁ、ここからが正念場だ）」

「どこの町に行こうとしていたんですか？」

「あぁ、君が行く町でいいよ。さすがに私の目的地につれていけとは言わないさ（ん？　ガキのくせにちょっとは疑《うたが》ってやがるのか？）」

「いや、そうじゃなくて。あなたが目指していた町ですよ。どこですか？　オレ、大体の場所はわかるんで方角とか目印だけでも教えますよ」

「こ、こう見えてもおじさんは極度《きょくど》の方向音痴《ほうこうおんち》なんだ。だから地図や案内がないと、きっと迷ってしまう（おいおい、めんどくせぇな）」

方向音痴は行商人なんかやっちゃダメだと思うんだけど。

こうなった時の設定くらい考えておけよと思う。

きっとどうあってもこいつはオレについてくる気だ。

どうしようか考えたけど、こんな小悪党に情けなんか必要ない。

どう見てもガキのオレからも何か盗もうとしているくらいだからな。

背に腹は代《か》えられないって感じかな。

「そうですか。それじゃ案内しますよ」

「本当か！　いやぁ！　助かるよ！（よし！　しょせんはガキだな！）」

「旅は道連れ世は情けって偉い人が言ってましたからね」

「うんうん！　あ！　もちろん町に着いたら報酬《ほうしゅう》を払《はら》うよ！（払うか、バーカ。その前に身ぐるみ剥《は》いで川にでも捨ててやるよ）」

こうしてオレは小悪党と一緒に歩くことにした。

わかっていても、ちょっとハラハラする。

とりあえず絶対に背中を見せないようにすればいいか。

それに長々とこいつと旅をする気はない。

オレを安心させるためか、小悪党はやたらとどうでもいい話をしてくる。

右から左に聞き流しつつ、オレはある場所に目をつけた。

「それでね、ソアリス教の聖女ってのは一説によれば拳《こぶし》で魔物を倒していたそうなんだ（クソでたらめな話だけどな）」

「あ、あそこだ」

「へ？（なんだ？）」

「あの森に続く小道を見てください。実はあそこからキンダケが採《と》れる場所に続いているんですよ」

「キンダケだって⁉」

さすがにキンダケは知っていたか。

相場がとんでもないことになっている高級キノコ、キンダケ。

親父に連れ出されてよく探したけど結局、見つけられなかった。

それほど希少《きしょう》なキノコなんだけど、こいつがバカなら食いついてくれる。

「はい。あまり知られてないんですけどね。よく採って村で食べてました」

「む、村で……。それは売ったりしないのかい？」

「誰もこないような辺鄙《へんぴ》な村ですからね。ついでだから採っていきましょうか」

「あ、あぁ！（信じられんがもし本当なら、とんでもないことだぞ）」

こんな森の小道なんてオレも知らない。

だけど森を歩くのは慣れている。

この小悪党からしたら、慣れた足取りに見えるはずだ。

適当な場所を選んで、オレは茂《しげ》みを指した。

「そこの茂みの中にありますね」

「あるのか！　どこだ！（マジなのか!?）」

「よく見てください。草をかきわけければ、見えます」

「よし！　探してみるよ！（キンダケキンダケキンダケェー！）」

すっかりオレに背を向けたな。

オレは剣の腹を思いっきり男の後頭部に打ちつけた。

「がはっ……！」

「バーカ」

男はマヌケにも気絶して倒れた。

オレがガキだからって油断したのもあるだろうけど、こんな子ども騙《だま》しに引っかかるとはね。

仮に騙されなくても、それなら普通に実力行使に出るだけだ。

だけどそれじゃこの手のアホは懲《こ》りない。

だから、こうする。

「衣服を全部脱がして、荷物も集めて……。ん？　この音は……」

ヘッドホンから川のせせらぎが聞こえた。

ちょうどいい。どこかに適当に穴でも掘《ほ》って埋めようと思ったけど、川に流してこよう。

音がする方向に進むと程なくして川を発見した。

「元気でなー」

小悪党の衣服や荷物をすべて川に流してやった。

これであいつは素《す》っ裸《ぱだか》でこの森をさ迷うことになる。

下手したら死ぬかもしれないけど、誰も困らない。

何せこっちは身ぐるみを剥がされそうになったんだからさ。

男が目を覚ます前にオレは森を出て、再び旅を続けることにした。

＊＊＊＊

旅に出て五日目に突入した。

ここで大問題が発生する。食料が尽《つ》きた。

村を出る時に保存食なんかは持ってきたけど、初めての旅でスムーズに進もうなんて甘かった。

予定では今頃、最寄《もよ》りの町に着いているはずだったんだ。

親父からもらった地図を見ながら歩いてたけど、実際の地形となんか違うんだよな。

それで迂回《うかい》しつつ歩いていたのがまずかったか。

このまま飢え死《うじ》にするわけにもいかないから、食料は現地調達することにした。

少なくともまた今夜は野宿になるな。

なーに、親父だって若い頃は三年くらい家なしの生活をしていたって言うんだから大丈夫だ。

たぶん。

というかこの地図、全然参考にならないんだが？

地形や道が実際の場所とかなり違っている。

ひとまず魔物の足跡や糞《フン》、獣道なんかの痕跡《こんせき》がないところを見つけて寝床《ねどこ》を確保。

それから枝なんかを集めて火を起こす準備をする。

日没前に食料を確保するべく動いた。動いたけど世の中、そう甘くない。

「何もいないんだけど……」

そう都合よく獲物《えもの》がいれば苦労しない。

野生の生物だって何日も餌にありつけないことだってあるんだ。

仕方ないのでヘッドホンでまた川の音を聞く。少し遠いけど、川を見つけることができた。

自前の釣り竿《つざお》に残しておいた保存食の欠片を餌としてつけて釣りを開始。

運よく三匹の魚を釣り上げることができた。今日のところはこいつで飢えを凌《しの》ぐことができる。

寝床に戻って火を起こして、枝にぶっ刺した魚を焼き始めた。

「はぁー、幸せ……」

誰もいない。夜の森は静寂だ。こういう時、自分の人生観を祝福したくなる。

誰にも邪魔をされず、生きていくことだけを楽しむ。

富や名誉なんかいらない。ただこの至福の時さえあればいい。一人は寂《さび》しいだとか、不便な環境は嫌だなんて思わない。

このままこの近くで暮らしてしまおうかとすら考えてしまう。焼けた魚にかぶりついて、食のありがたみを実感する。

今日、食事にありつけたことに感謝しよう。ありがとう、自然界。

――ガサッ。

「ん？」

ヘッドホンが草を踏みしめる音を拾《ひろ》った。

ここからそう遠くない場所で何か大きなものが歩いている。

大地から伝わる震動の音もセットだ。

――ガサッ、ガサッ。

こっちに来る。ヘッドホンが音でオレにそう伝えた。

心の声以外にも、このヘッドホンは様々な音を拾う。

その音がオレに具体的な情報として変換されて伝わってくる。

草を踏む音、大きな何かが移動する際の風の音、それが近づくにつれて明確になってきた。

まずいな。すぐにここから離れよう。

オレは手早く荷物をまとめてから、火を消そうとした。


――ガサガサガサガサッ！


「は、はやっ⁉」

クッソ速い！

でもオレの判断も早かったはずだ。

この音の主がとんでもない速度を誇《ほこ》っているなら、オレの足じゃ逃げきれない。

走ってきたのは黒い体毛に覆《おお》われた巨大熊《きょだいぐま》だ。

腕が四本もあって、浮き出るような筋肉が体毛の上からでもわかる。

「チクショウ！　やれってことか！」

感謝した直後にこれかよ、自然界。

巨大熊が二本の腕を上げる。

「下がるっ！」

オレが下がった途端《とたん》、巨大熊の腕が周囲の木々すら吹き飛ばした。

風圧でオレも飛ばされそうになる。

ちびりそうなくらいやばい。死ぬかもしれん。

「左っ！」

オレが左に大きく避けた途端に巨大熊が突進してきた。

障害物なんて何の障害にもならないとよくわかる威力だ。

くらったら肉片も残らなそうだと考えた時、オレは異変に気づいた。

オレはなぜあいつの攻撃がわかった？　勘《かん》か？

「また下がる！」

口に出すほど、オレは自分の動きに自信があった。

ヘッドホンから聞こえてくるのは様々な音だけど、その中でも風の音と巨大熊の心臓の音が大きい。

心音、巨大熊の動作によって発生する風の音。

それらを統合して、次の動きが予測できるんだ。

「だったら……！」

こんなところで死んでやるものか。

オレは自分の生き方を決めたんだ。

だったら何が何でも意地汚く生きてやる。
オレはわざと巨大熊を真正面に見据《みす》えた。
そして次の動作はまた突進。巨大熊が駆けだしたと同時にオレは地面を蹴《け》った。
「グゴアァッ！」
土を蹴り上げて巨大熊に目《め》つぶしをした。
突進してくる最中だった巨大熊がバランスを崩して横転。
その隙《すき》を見逃さず、オレは巨大熊の急所目がけて走る。
こんな意味不明な化け物の急所が、普通の生物と同じという保証はない。
だけどヘッドホンが教えてくれた。
巨大熊が無意識のうちに急所を庇《かば》っている動作を音としてオレに伝えてくれる。
「くらいやがれッ！」
巨大熊の胸のど真ん中にオレは剣を突き刺した。
巨大熊が咆哮《ほうこう》を上げてのたうち回ると同時にオレは離れる。
もがいている最中に巨大熊が頭をこっちに向けてきたため、今度は目を斬りつけた。
続け様に比較的、柔らかい場所を斬り続けること数秒。
「ハァ……ハァ……よ、ようやく動かなくなったか……」
巨大熊を討伐《とうばつ》できたことを確認したオレはその場に座り込んだ。
せっかく作った焚火《たきび》はぐしゃぐしゃだ。

こいつは火を恐れずに向かってきたどころか、そのまま踏みつぶしてしまったんだからな。

自然界の洗礼とはいえ、これはきつすぎた。

休んでばかりもいられない。

「よし、解体してみるか」

殺して終わりなんて無粋《ぶすい》な真似はしない。

せっかくだから肉でも食ってやろう。

こんな化け物の解体は初めてだけど、生物の解体作業自体は親父の横でずっと見ていた。

見様見真似で解体すること数十分。

今度はあんな化け物が寄ってきてもすぐ逃げられるように細心の注意を払った。

幸い、何かが来る音は聞こえなかったから解体作業はスムーズに終わる。

「さてと、また火を起こすか」

この場から離れることも考えたけど、夜の森を歩き回るのは危険すぎる。

十分に危険な目には遭《あ》ったけど、敵は魔物だけじゃない。

森自体が常に危険地帯だ。

それでも、こんな目に遭おうがオレは自然界を愛してる。

安全性や快適さを捨てているんだから、このくらいは覚悟すべきだ。

また火を起こすと、さっそく巨大熊の肉を焼いた。

味は不安だったけど――

「いけるな」

意外に癖《くせ》がなくておいしくいただける。

村にいた時、バンさんが山狩りをした時に狩ってきた獲物を焼いてくれた。

あの時から肉のうまさと自然界の魅力に気づいたんだ。

他には野草や木の実が自然の恵みと言えるけどこの辺りにはその手のものがなかった。

そういう時は獲物を狩るしかない。

「うまいうまい」


――ガサッ！


また何か来たな？　だけど今度は巨大熊どころかオレと同じか、少し小さいくらいだ。

こんな夜の森にずいぶんとお客さんが多いな。今度こそ逃げるか？

いや、このおいしい肉を置いて逃げるなんてもったいない。情けないことに食い意地が勝ってしまった。

それに今回の音の主は、たぶん巨大熊とは比較にならないほど弱い。音の様子からそう感じることができた。

そして音の主はピタリと止まる。

「そこに隠れているんだろ？　出てこいよ」

遠くの茂みの中に身を隠した奴がいる。

こちらの様子をうかがっているんだろうな。

そりゃこんな夜の森の中で巨大熊の肉を頬張《ほおば》っている奴がいたらオレでも警戒する。

だからといっていつまでも隠れていられてもいい気分はしない。

「出てこいって。来ないならこっちから行くぞ」

オレはそちらに向かって歩き出した。

「こ、こーさんっ！」

茂みから立ち上がって姿を現したのは女の子だ。歳《とし》はオレと同じか少し下か？

魔道士風のローブを羽織《はお》った服装からして、まぁ魔道士だろうな。

女の子が両手を上げて無抵抗をアピールしている。

「降参《こうさん》だってぇ！」

「いや、別に取って食ったりしないって。で、誰だ？」

「誰だ？」

「ぼ、冒険者……」

女の子の視線が泳いで、いかにも慌《あわ》てている様子だ。

こんな夜の森に来るような人間が普通の人間のわけがない。

それより驚いたことに、この女の子の心の声はあまり聞こえなかった。

いや、正確には実際の声と心の声が被《かぶ》っているといったほうが正しいか。つまり口に出した言葉と心の声にほとんどズレがない。

先日の小悪党みたいな裏表野郎もいれば、世の中にはこういうタイプもいるんだな。

だけどそれはそれとして、この女の子が信用に値《あたい》するかどうかは別だ。

「冒険者か。じゃあ、依頼か何かでここに？」

「そ、そーなんだよ！　お仕事で魔物をぶっ殺しにきたの！」

「こんな時間まで？」

「そうそう！　でも、ぜんっぜん見つからなくて帰ろうかなって思ったけどね！　あと少し、あと少しって進むうちにこうなった！」

狩りには見極《みきわ》めが重要だ。

日が落ちると、帰りのリスクが高まる。

オレみたいに予《あらかじ》め森の中で夜を明かすことを想定している人間ならいいけどさ。

この女の子は見たところ、野営に適したアイテムをろくに持っていないように見える。

冒険者といっても、駆け出しってところか？

「そうか。それは残念だったな」

「ね、君は？」

「ただの旅人だ」

「変わった兜《かぶと》を被っているねぇ。それってなに？」

女の子が首を傾《かし》げた。

オレと会ってこれに注目しない奴なんかいないか。あ、いたわ。先日の小悪党だ。

ああいうビックリ小悪党はともかく、ここから先は必ずこのヘッドホンについて質問されると思ったほうがいいな。

ここは素直に神器と白状するかどうかだけど。

「オレの神器だよ。音がちょっとよく聞こえるだけさ」

「ふーん、変なの。耳兜だよねぇ」

み、耳兜って。ヘッドホンという名称を知らない人間からすれば、そういう呼称に行きつくのか。

しかもやけにハッキリ言ってくれるな。この女の子、やっぱり裏表がほとんどないぃ。

つまり思ったことを平然と口にするタイプだ。

といってもオレの親父もその類《たぐい》だから、この手の人間には耐性がある。コツは相手に期待しすぎない、だ。

自分の中の常識を相手に押し付けるから、そこから逸脱《いつだつ》した行動や発言をした人間に怒るはめになる。

だから親父やラークのように初めからそういう人間だと思い込めば案外、腹も立たないもんだ。

とはいえ、積極的に関わりたいと思えるかは別だけど。

「ただの旅人がこんなところで何を……え？　はぇ!?　あぁぁ――――！」

「うるさい。大声を出すな。また変なのが寄ってきたらどうする」

「だ、だって、そこの、も、もしかしてブラストベアじゃ？」

「そうなのか？　名前までは知らないな」

女の子は口を開けたまま、驚きっぱなしだ。そしてブラストベアの頭部を観察している。

オレと何度も見比べて、穏《おだ》やかじゃない様子だ。

「ね、ねぇ。これって、君が討伐したり？」

「そうだよ」

「ウ、ウソォ……。大人の冒険者数人がかりでやっと討伐する魔物なのに……」

「マジか」

確かに恐ろしい魔物だった。死を覚悟しそうだった。

いくらオレがバンさんから剣の手ほどきを受けているとはいえ、それだけで討伐できるような魔物じゃないってことか。

だったらこのヘッドホンのおかげだな。さすが神器だ。エクスカリバーなんて大層なものじゃなくても、きちんと役立つ。

気づくと女の子が物欲しげに見てきて、心の声を聞かずとも言いたいことがわかる。

「それ、おいしいの？」

「うまいぞ」

「ホントに？」

「まずいものを食うわけないだろ」

「じゃあ、一つでいいからほしいな」

オレ一人じゃ食いきれないから、これは願ったり叶《かな》ったりだ。一つと言わずどんどん食べてほしい。

女の子がおいしそうに肉にかぶりつく。

「んまぁい！」

「いけるだろ？」

「冒険者の大人達はこんなおいしいものを独占していたんだねぇ！」

「そうとも限らないだろ。依頼で討伐したり、どこかに納品する場合もあるんじゃないのか？」

「そういえばそうだった！」

なんだ、この子は。君は現役の冒険者だろ。

サナと違って裏表がないのは助かるが、こっちはいわゆる天然というやつか？

女の子が袋から角やら牙を取り出して、オレに見せびらかしてくる。

「えへへ！　今日はこれだけ討伐したの！」

「よくわからないが、すごいじゃないか」

「たくさん討伐すれば、人間が襲われる危険性が減るからね！」

「それはそうだな。じゃあ、このブラストベア討伐だけで何十人もの命が救われたんだろうな」

「そうそう！　それな！」

オレと同じ歳くらいの女の子が魔物討伐で生計を立てているのか？

もっと他に選択肢があっただろうに。なんて、オレが言えた義理じゃないか。他人は他人だ。

「耳兜君はここで暮らしてるの？」

「そんなわけないだろ。旅の途中だ」

「冒険者？」

「違う」

オレの名前は耳兜で定着したのか。

名前を教える義理もないし、そもそもこの子がまず名乗っていない。

素性《すじょう》が知れない以上、こちらの情報を渡す必要はない。

「冒険者じゃないんだ。ブラストベアを倒せるくらい強い流浪《るろう》の旅人……いい！」

「それはよかった」

そんなかっこいいものじゃないけど、目をキラキラさせているから黙っておこう。

しかし、この女の子は魔道士か？

やたら大きいポーチに本がおさまっているのが気になる。

あんなものを持ち歩くということは神器か？

気になるけど、こっちから興味を示すこともないだろう。

「じゃあさ、冒険者をやればすっごく稼げるんじゃない？」

「それも一つの選択肢として考えている」

「じゃあ、私が滞在してる町まで案内してあげる！」

「頼むよ」

完全に信用してないが今のところ、害意が確認できる音は聞こえない。

今日のところは一晩、ここで過ごそう。食事を終えてから横になると、女の子もオレの横で寝っ転がった。

たぶんサナなら絶対にしない行動だな。オレは女の子とは反対方向を向いて寝た。

＊＊＊＊

翌朝、爽快《そうかい》な気分で目を覚ます。

女の子はまだ眠っていたから無理に起こそうとせずに、オレは朝の空気を満喫《まんきつ》していた。

夜の森とは打って変わって清々《すがすが》しい。

あの自然の中に広がる闇は心が落ち着くけど、朝は朝で心機一転。

鳥のさえずりを聞いて新緑《しんりょく》の匂いを吸うと今日もやるぞと元気が出る。

「おふぁよ……」

「おはよう。軽く朝食をとって水分を補給したら町への案内をお願いするよ」

「ふぁいふぁい……」

女の子の目はまだ半分くらい閉じたままだ。そろそろ目を開けてくれ。

気の抜けた返事が返ってきたけど、冒険者なのに朝が弱いってどうなんだ？

女の子の頭が起きるのを待ってから、オレ達は森を出た。

歩き始めて思ったことがある。この地図、やっぱりおかしくないか？

例えば、今歩いている道はこの地図に記《しる》されていない。

ここから先にあるという町も記されていないし、女の子がいなかったらおそらくスルーしていた。

オレが地図を睨《にら》んでいると、女の子がひょいっと覗《のぞ》き込《こ》んでくる。

「あれー？　この地図、ずいぶん古いね？」

「え？」

「だってここ！　かすれてるけど地図の作成日が二十年前だよ？」

「あっ……」

確かによーく見ると日付が書かれている。それは確かに今から約二十年前の日付だった。

この地図は親父が持たせてくれたものだ。あの親父のものなら、もっと早く疑うべきだった。

「二十年前はフーレの町が記されてなかったんだね！　新発見！」

「これから行くのはフーレの町ってところか？」

「そっ！　あと二時間くらいで着くかな？」

女の子の言う通り、二時間ほど歩いたところで町に着く。実はオレは初めて町というものを見た。

自然と一体化したような村とは違い、ここは人工物で溢《あふ》れかえっている。

人の数も村とは比べ物にならない。村じゃ道を走ったら誰かとぶつかりそうになるなんて心配は一切なかった。

「すご……」

「あははー、おのぼりさんだね！　じゃあ、冒険者ギルドに行こうか！」

恥ずかしながら、オレは開いた口が塞《ふさ》がらない。この新鮮な刺激はきっと生涯《しょうがい》、忘れないだろう。

こういう一つ一つの思い出を積み重ねて、人生というものが作られていくんだ。

案内された冒険者ギルドはオレの家の何倍も大きい。

建物の壁が木製じゃない上に、ドアなんかオレが修理しなくてもいいような頑丈《がんじょう》な作りだ。

建物の中に入ると更に驚きが待っていた。

たくさんのテーブルに冒険者らしき人達が座って喋っている。

テーブルの上に硬貨を並べているあの冒険者達は、報酬の相談かな？

（なんだ？　子どもか？）

（かわいそうに。親に冒険者でもやって稼いでこいって言われたのか？）

(あの歳じゃ討伐依頼は難しそうだな。どこかで日雇《ひやと》いの仕事でもするんだろう)

(妙な兜を被っているな)


さっそく冒険者達の心の声が聞こえてきた。

確かにむさ苦しいおっさんばかりの中に、オレみたいなのが飛び込んで来たら嫌でも目立つ。

「冒険者登録はあっちの受付でするんだよ」

「ありがとう。じゃあ、行ってくるよ」

受付にいくと身綺麗《みぎれい》な格好をした女性がいた。

立っているオレに気づいて、ニッコリとほほ笑む。

「いらっしゃい。今日はどんな用で来たの？(あらぁ、ずいぶんとかわいらしいお客さんね)」

「冒険者登録しに来ました」

「では登録料として銅貨三十枚いただくわ（本当は二十枚でいいけど、どうせわからないわ)」

「……三十枚？　そんなに必要なんですか？」

「そうよ。さぁ、登録するなら払ってちょうだい（月にたった五回の定休日で受付は私一人。こんなにこき使われてるんだから、このくらいは許されていいはずよ)」

クッソ、これが町の洗礼か？

田舎《いなか》の子どもだと思ってめちゃくちゃ足元を見られてるじゃないか。

これ、オレ以外にも銅貨三十枚を素直に払った人がいるんだろうな。

「耳兜君、私も銅貨三十枚を払ったよ？」

「払ったのか……」

オレを案内してくれた女の子からもぼったくっていたのか。

こいつは許せないな。

「一応そういう決まりだからね（手持ちの銅貨がないのかしら？）」

「もう少し安くできません？」

「うーん、こればっかりはねぇ。でもボウヤ、かわいいから特別に銅貨二十五枚にしてあげる（取れないよりマシ。今月は博打《ばくち》をやりすぎてカツカツなのよね）」

「二十枚じゃダメですか？」

本当はもっと持っているけど、この人の博打代を出す気はない。

オレが食い下がったせいか、女性は途端に不機嫌《ふきげん》そうになる。

「ダメね。こっちは遊びでやってるわけじゃないからね。そもそもなんで冒険者になりたいの？　親は？（説教しましょ。嫌になって帰るだろうからね）」

「あなたに話すつもりはありません。本当に銅貨が三十枚も必要なんですか？」

「だからそう言ってるでしょ。他の人達も皆、払ってるのよ（カモにできそうな奴にだけ、よ）」

「あー、それはいけませんね」

オレの言葉に受付嬢が怪訝《けげん》な顔をした。確かにギルド内を見渡しても、登録料のことがどこにも書かれていない。

これじゃオレみたいな田舎から出てきた世間知らずはカモにされるわけだ。

しょうがない。女の子には案内してもらった礼がある。彼女の分も含めて返してもらおう。

「何がいけないのよ（しつこいわね。とっとと銅貨を置きなさいよ）」

「だってあなたの知り合いが言ってましたよ。冒険者登録を希望する奴からたまに多くもらってるってね」

「……は？　なに？（あ、あれ？　私、誰かに喋ったっけ？）」

「おかげで博打ができるんですよね」

「ちょ、な、なに言ってるの！（ウソウソウソウソウソ！　なんで！　なんでバレてるの⁉）」

オレと受付嬢のやり取りが目立ったんだろう。

冒険者達がざわつき注目し始めた。

「ボ、ボウヤ！　ちょっとこっちへ！（まずいまずい！　ひとまず黙らせないと！）」

「こっちってどっちですか？　着服したお金がある場所ですか？」

「わかったわ！　銅貨二十枚ね！　次は冒険者登録の手続きに進むわ！（もう勘弁《かんべん》してぇ！）」

「わかりました」

受付嬢の冷や汗がすごい。ごまかしたつもりだろうけど、これたぶん広まると思うぞ。

その証拠に何人かの冒険者達がやってきたじゃん。あーあ。

「おい、お前よ。今の話は本当か？　昔、俺が登録した時は確かに銅貨三十枚とられたぞ（マジだったらぶっ殺すぞ）」

「あ、あらぁ！　私ったら、おっちょこちょいね！　お返ししますわ！　オホホホ！（返すから！　返すからぁ！）」

「これはちょっと上に掛《か》け合《あ》う必要があるな（こりゃ大問題だな）」

「いやぁぁ――――！（終わった！　終わったわ――――！）」

なんだか騒がしいけど、こっちの手続きを早くやってくれないかな。登録が終わったら何の仕事をしよう？

第二章　冒険者としての仕事も経験しておくべきだ

冒険者登録を済《す》ませたオレはフーレの町にしばらく滞在することにした。

あれから受付嬢は今まで巻き上げた分の銅貨を極力、返済《へんさい》させられていた。

女の子もぼったくられた銅貨をしっかり返してもらったようだし、オレから言うことはもうない。

噂《うわさ》じゃあの受付嬢はどこかで強制労働させられて返済の金を稼《かせ》いでいるらしい。

オレには関係ないことだけど。

女の子と別れてから、まずはこの町で冒険者の仕事をしていろんな経験を積みたいと思った。

寝床《ねどこ》は一泊銅貨三枚で泊まれる激安宿だ。

冒険者の友といっていいその宿は薄壁一枚で仕切られているだけで、音は筒抜《つつぬ》けだった。

隣から死にかけた小動物の鳴き声みたいないびきが聞こえるわ、反対側からは呪文のような呟《つぶや》きが延々《えんえん》と聞こえるわでなかなかの環境だ。

だけど猛獣《もうじゅう》の咆哮《ほうこう》みたいな親父のいびきの中で寝られるオレにとっては、何の障害にもならない。

どんなところでも熟睡できる術《すべ》を身につけられたのは、あの親父のおかげだ。

そんなオレはさっそく冒険者ギルドで仕事を引き受けた。

部屋の片づけ、ドアや家具の修理、側溝《そっこう》の掃除、トイレ掃除。

どれも誰もやりたがらない仕事だと聞いて驚く。

依頼人のほうもそれをわかっていて冒険者ギルドにダメ元で依頼を出しているみたいだ。

だからオレが引き受けて向かった時は目を丸くされたよ。

確かに派手な仕事じゃないけど、こういう面倒なことをこなしてこそ後の経験に繋《つな》がる。

そういえば親父が言っていたな。金持ちになりたければ毎日、便所掃除をしろって。

オレは金持ちになりたいわけじゃないけど、今ならなんとなくわかる。

誰もが面倒で後回しにしたり、やらないことをやった人間だけが出世できるってやつだと思う。

オレは出世には興味ないけど。生き方を明確に決めるためにまずは色々やっていこう。

「ルオン！　三番テーブルに持っていってくれ！」

「はい！」

今は町の料理店で働いている。オレがやっているのは客に注文を聞いてから料理を運ぶウェイターという仕事だ。

建物内の人口密度がすごい。大勢の人達が一堂に会してワイワイと食事をしている風景が新鮮だ。

厨房《ちゅうぼう》では常に注文された料理を作っている。

料理人達が汗まみれで必死に働く姿はかっこいい。

天井《てんじょう》まで届くほどの火力を制しながら鍋で炒《いた》めている姿を見ると、オレもやってみたいと思えてくる。

この店に何度か仕事で来ているうちに、オレは料理の作り方や素材を覚えていった。

がんばって仕事をしているうちにオーナーはオレを気に入ってくれたみたいだ。

「今日の報酬《ほうしゅう》だ。とっておけ（本当はもっと渡してやりたいんだけどな）」

「こんなにもらっていいんですか？」

「両親に楽させてやるんだろ？　お前、がんばってるもんな（オレは母ちゃんに苦労ばかりかけていたからな）」

「はぁ……」

ちなみにオレはオーナーに身の上を話したことなんてない。

オレを見たオーナーが勝手に自分の中で設定を作ってるだけだ。

この人の中ではオレは貧乏な家庭を助けるために出稼ぎにきた子どもなんだろう。

悪い気はしないし儲《もう》かってるから、このまま通させてもらっている。

そして夜、仕事終わりに店の裏口から出るとあの女の子が待ち構えているのもお約束だ。

「耳兜君《みみかぶとくん》！　冒険者の仕事しようよ！」

「やってるだろ。これも大切な仕事だよ」

「そんなのじゃなくて魔物討伐《とうばつ》とか！」

「そんなの言うな。人の仕事をバカにする奴《やつ》とは一緒にいられないな」

「あー！　あー！　ごめん！　謝るって！」

冒険者ギルドに案内してもらった恩はあるけど、言いなりになるつもりはない。

オレの人生はオレのものだし、好きにさせてもらう。

未《いま》だにお互い名前すら名乗ってない仲なのに、なんでこの子はオレに付きまとう？

この後、激安宿に眠りに行って明日はまた仕事だ。

色々な経験ができるから、今のところは楽しい。

だけど楽しいことばかりじゃないのが仕事だ。

いつもみたいに料理店で働いていると、一人の柄《がら》が悪そうな客がやってきた。

特に何もしなければ問題ないんだけど、そいつは絶対にやらかす雰囲気があった。

「おい！　コラァ！　ちょっと来い！（さぁて、今日はここでタダ飯だ）」

男が店内で声を張り上げた。

これはアレか？　噂に聞くクレーマーか？　ついにオレもクレーマー初体験？

「はい、どうかされましたか？」

「どうかされましたかじゃねぇんだよ、腐《くさ》れトンチキ野郎が！　これを見ろよ！（お、ガキじゃねえか）」

「はい、そちらの品が何か？」

「このボケトンマ野郎が！　このテンタクルスのイカすみパスタに黒いゴッキロンの足が入ってんじゃねえか！（この店も無料にさせてやるぜ）」

なんで黒に黒を混入させた。もう一緒に食っちゃえよ。

と言いたいところだけど、そういうわけにもいかない。

これはあくまでオレ個人の考えなんだけど、この手の客は下手に取り合わないで追い出したらどうだろう？

こいつにヘコヘコしたところで、たぶんつけあがるだけだ。

他の客が怖がって来なくなるんじゃないかと田舎者《いなかもの》のオレは思う。

男が騒いでいるとオーナーがやってきた。

「お客様。料理に不備があったとのことですが……」

「おう！　これだよ、ヘタレポーク野郎が！　マジありえねぇだろ！（今思ったら黒に黒はまずかったか？　他のにしとけばよかったな）」

「はぁ、確かに入ってますね」

「だろ？　わかったら責任とってくれや、カス脳みそ野郎！（これでタダ飯いただきだぜ）」

世話になった店でこんなことが起きるのは気分がよくないな。

この前の小悪党や受付嬢とは違って、こいつはまだわかりやすいだけマシか。あとさっきから罵倒《ばとう》のバリエーションすごいな。

オレはオーナーを助けることにした。

「で、お客さん。あとどのくらいポケットに虫の死骸《しがい》が入ってるんですか？」

「は、はぁ!? なにを、このボウフラが！（バ、バレたか!?）」

「はい、身体《しんたい》チェックしますねー」

「お、おい！　やめろ！（こ、こいつ速すぎる！）」

男のポケットに手を突っ込むと、出てくる出てくる。

虫の死骸だけじゃなく、髪の毛や使用済みの紙まで出てきた。きたねぇなクソ！

「お客様、さすがにこういった行為は見過《みす》ごせませんね」

「い、いや……（やべ、逃げよ）」

男が立ち上がって逃げようとしたところで、オレは足を引っかけて転《ころ》ばせた。クッソ、後で確実に手を洗わないと。

「ぎゃふん！」

「お客様、お帰りはあちらです」

「ク、クソォ！」

男は転びそうになりながら逃げていった。その瞬間、店内から拍手喝采《はくしゅかっさい》を浴びる。

「すごいぞ、少年！」

「若いのに大したもんだ！」

「オーナーも鼻が高いだろう！」

やっぱりああいうのは追い出して正解だったか。こんなにも歓迎されるんだからな。

オーナーも申し訳なさそうに、オレに頭を下げた。

「ありがとう。そして手を煩《わずら》わせてしまって申し訳ない」

「いいんですよ。さ、仕事しましょう」

素《そ》っ気《け》なく返したけど実のところ、どういう反応をしていいかわからなかった。

辺境の村じゃラークとの試合以降、周囲からかなり煙《けむ》たがられていたから余計《よけい》にそう思う。

まぁ自業自得だけどさ。

この日はこれ以降、何事もなく無事に仕事を終えることができた。

夜、店の裏口から出ていくとまた女の子が待ち構えている。

「エフィ、この子が耳兜君？」

「そうだよ！　見るからに耳兜でしょ？」

なんだ、見るからに耳兜って。今日は知らない女性と一緒だ。

腰に下げている剣からして、同業者なのはわかる。

そして他人を通して女の子の名前を知るという珍事《ちんじ》が起こっていた。

＊＊＊＊

「私はネリーシャ、あなたの名前は？」

「ルオンです」

女性が名乗って、オレも名乗る。ごく当たり前のやり取りが冒険者ギルドで行われた。なぜ女の子ことエフィとこれができなかったのか。オレにも原因はあるが、たぶん七割くらいはエフィが悪い。

「ルオン君ね。エフィがやたらと推《お》すから、気になって今回の討伐に誘ってみたの」

「討伐依頼ですか。構いませんけど報酬の分配はキッチリしておきたいですね」

「若いのにしっかりしてるのね」

「あなたも若いですよね」

ネリーシャはオレよりいくつか年上、高く見積もっても二十歳前後だと思う。

二十歳からすれば十三歳なら子どもか。知らんけど。

長身で細身、それでいて引《ひ》き締《し》まった体はそこらの男よりずっと強そうに見える。

そんなネリーシャがからかうように笑った気がした。

「じゃあ、ご期待に応えてまずは報酬を提示するわ。討伐するのは刃速《じんそく》の巨王蛇《きょおうへび》で、一人当たり銀貨三枚よ」

「銀貨三枚？　銀貨一枚が銅貨千枚だから……」

「お金より気にすべきことがあるわ。刃速の巨王蛇はベテランの冒険者をなるべく多く集めなきゃいけないほどの化け物よ（この子、大丈夫かしら？）」

「強そうですね」

オレは漠然とした感想を述《の》べた。

そして呆《あき》れられている。

お金に釣られたわけじゃないけど、討伐依頼の報酬がそこまで羽振《はぶ》りがいいとは思わなかった。

そりゃ確かに冒険者を目指す人達が後を絶《た》たないわけだ。

討伐隊のメンバーにはネリーシャとエフィの他に男が三人いる。

一人は髭面《ひげづら》でいかにも斧《おの》を振り回しそうなおっさん、二人目は二十代半ばくらいの好青年風の剣士。

三人目は口を真横に結んだ無骨《ぶこつ》そうな男だ。重鎧《じゅうがい》に大きな盾、重戦士って感じだな。イメージと変わらない冒険者像がここにある。


（この小僧、舐《な》めてやがんなぁ）

（別にいらなくね？　ていうか俺とネリーシャだけで十分だろ）

（メンバーが増えてしまった……口下手の俺にはつらい状況だ……）


全体的にオレはあまり歓迎されてないみたいだ。

そりゃそうだ。元々はこのメンバーで討伐に行く予定だったのに、たぶんエフィがオレを候補に挙《あ》げたんだろう。

戦力は多いほうがいいだろうけど、現れたのが耳兜なら誰だって信用ならんって。なぁエフィ。

「今回のメンバーは私の選《え》りすぐりよ。グラントさんはこの道十六年のベテラン、サーフは性格はアレだけど実力は私と互角、ドウマさんは口数は少ないけどこの中で一番の実力者なの」

「なるほど。精鋭《せいえい》って感じですね」

「刃速の巨王蛇討伐に足手まといは連れていけないからね。エフィには悪いけど、私はあなたの実力を知らない。もし討伐に参加するのなら、試《ため》させてもらっていいかしら？（悪いけど、報酬に釣られるようじゃ死ぬだけだわ）」

「報酬はどうでもいいですけど、経験としては面白そうですね」

「えっ……」

しまった。つい心の声に反応してしまった。

エフィ以外のメンバーはわかってない様子だけど、ヘッドホンの性能をばらすわけにはいかない。

だって考えてみればわかる。

自分の心の声がわかる奴と一緒にいられる人間がどれだけいるのかってことだ。

別に嫌われてもいいけど、この状況でそうなるのは望ましくない。

「参加したいです。だけど試すってどうやって？」

「単純よ。私と剣を交《まじ》えてもらうわ。別に私に勝たなくてもいいけど、話にならないようなら今回は断らせてもらう」

「ずいぶんと自信があるんですね」

「だって私、強いもん」

ネリーシャが小馬鹿にするような笑みを浮かべた。

強いもん、だって。うん。心音や所作《しょさ》から発生する音でわかる。この人は強い。オレより強い。たぶん勝ち目は薄いんじゃないかな。

まぁでも、経験としては面白そうだからぜひ勝負したい。

「わかりました」

「じゃあ、冒険者ギルドが用意している訓練場に行くわ」

そんなものがあるのか。

あのギルド内の賑《にぎ》わいからして、あまり利用している人はいなそうだけど。

＊＊＊＊

「オレはネリーシャに銅貨七枚だ！」

「大穴で耳兜にいく奴はいないのか？」

気がつけば訓練場は多数の観客で溢《あふ》れかえっていた。

どうもあのネリーシャは名が通った冒険者みたいで、かなり人気がある。確かに強そうだもんなぁ。

現時点でたぶんあのラークより強いと思う。

「外野が騒がしいけど気にしないでね」

「それで勝利条件は？」

「どちらかが参《まい》ったと言えば終わりよ（さて、どの程度かしらね？）」

「わかりました」

言い終えると同時にオレはネリーシャに斬り込んだ。奇襲成功、とはならずネリーシャはオレの剣を軽々と受ける。

「見かけによらず大胆ね。ちょっと驚いちゃった」

「これで決めるつもりだったんだけどな……」

始めの合図も何もないからな。

勝つためには何でもやらせてもらう。

「ふれぇー！　ふれぇー！　み・み・か・ぶ・と・くーん！」

区切って強調するな。ていうか名前を名乗っただろうが。

エフィの声援が耳に届く中、ネリーシャの剣によってオレの剣がジリジリと押されていく。力も負けてるのか。まずいな。

「腕に覚えがあるのは認めるわ。だけど色々と雑ね」

オレの剣が弾《はじ》かれてがら空きになってしまう。バックステップで体勢を立て直した。

「あら、あらあら？」

これも意外だったのか、ネリーシャが目をぱちぱちとさせている。

そう、ヘッドホンで予想できているにもかかわらずオレは防御を崩されてしまった。

つまり、だ。ネリーシャの攻撃はわかっていても反応できない。

「ネリーシャー！　決めちまえ！（太ももたまんねぇ！）」

「オレとやった時はもっと容赦《ようしゃ》なかっただろ！　相手がガキだから手加減してるのか！（このオレが押し負けたんだからな！）」

外野の声を聞いて、オレは改めて世間の広さを知った。本気になったネリーシャと戦った人間がここにはいる。

今回のメンバーの一人、ドウマさんに至《いた》ってはネリーシャより強いときた。これが世界か。

やっぱり面白いな。

「仕方ないわね。じゃあ、本気を出すわよ」

風の音が止まった。

すべての音が消えた。

あぁ、そうか。真の強者が本気になると、すべての音が停止する。

そう、心の声すらも。

「はぁッ！」

ネリーシャの掛け声が聞こえたと同時に、オレは気がつけば剣先を首に突きつけられていた。

これは詰みか。ネリーシャが少しでも剣を動かせば、オレの首は飛ぶ。

「……強いな」

オレは静かに剣を置いた。

「参った？」

それから両手を上げて降参《こうさん》をアピールする。

「勝負あったな！（まぁ順当よな）」

「さすがネリーシャ！　オレの嫁！（あのうなじもやべぇな！　ふっふぉっはぁ！）」

周囲が沸《わ》いた。

ネリーシャが剣を下ろして、金色の髪をかき上げる。うん、完敗《かんぱい》だ。

「まぁ悪くなかったわ。でも残念だけど、その程度じゃ今回の討伐には参加させられない」

「すみません。最後に握手《あくしゅ》いいですか？」

「ええ、構わないわ」

ネリーシャが握手をしようとして、オレに近づく。

その瞬間、オレは剣を置いた時につまんだ訓練場の砂をネリーシャの目に投げつける。

「うっ……！」

怯《ひる》んだネリーシャの首に解体用のナイフを取り出して突きつけた。

「さすがにこの距離ならオレのほうが速いですよ」

場が静まった。心の声すら一瞬だけ聞こえなくなる。

「バ、バカ野郎ー！　もう勝負はついただろうが！（死ね！）」

「このガキが！　なんてことしやがるんだ！（死ね！）」

「頭おかしいんじゃねえのか！（死ね！）」

大ブーイングだ。だけどオレはナイフを動かさない。もしこのまま降参しないなら、本当にやるつもりだ。

オレは参ったとも言ってないし、殺さないとも言ってない。

元々はネリーシャが仕掛けた勝負だ。結果、どうなっても構わないだろう。

「……参った」

ネリーシャは剣を収めた。同時にオレもナイフを下ろす。

「対戦、ありがとうございました」

「……あなた、私が降参しなかったら殺していたでしょ」

「まさか……」

「戦う前から感じていた違和感はこれだったのね。だって戦っている最中ですら、あなたから本気を感じられなかったもの」

ラークも同じようなことを言っていたな。

オレは本気だった。だけど真の意味で勝つために本気になっているかどうかと言われれば、ね。

＊＊＊＊

オレのせいで冒険者ギルドの空気がかなり悪くなったから、場所を変えた。

一応、申し訳ないという感情はある。

比較的静かな町の広場にて、オレ達は改めて自己紹介をすることにした。

討伐するにも、お互いのことを知らないと作戦も何もないということだ。

「私はネリーシャ。スキルはアクセラレイター。一瞬だけ速度を爆上《ばくあ》げできるの（昔はなぜかクソスキル扱いされたっけ。なつかしいわ）」

「なるほど。そりゃ速いわけだ」

もちろんネリーシャの強さがすべてスキル依存《いぞん》とは思わない。速さだって裏打ちされた経験がなかったら宝の持ち腐《も》《ぐさ》れだ。

オレは素直にネリーシャを認めている。あんな勝ち方をした分際だけどね。

「私はエフィ！　スキルじゃなくて神器《じんぎ》！　サモンブックに載《の》っているいろんなものを召喚できるの！　あと魔法が少し使える！」

「召喚……」

エフィがとびっきりの笑顔で自己紹介をした。

「でもなんか全部が召喚できるわけじゃなくてね。理由はわかんない」

「そうか」

そんな珍しい神器がありながら冒険者を？　よくラークとサナみたいに王都に召集されなかったな。

オレが疑問を抱いていると、エフィがサモンブックを開いた。

「さもんっ！　うるふっ！」

「きゃんきゃん！」

エフィがサモンブックから呼び出したのは子犬だ。

うん、かわいい。どう見ても強そうには見えないな。

だけどこれで討伐隊のメンバーなのか？　だとしたらオレの頑張りはなんだったんだ？

「エフィは他にも回復できる生き物を呼び出すことができるの。いわゆる後方支援ね（はあぁわんわん！　いつ見てもかわいいっ！）」

「あ、そういうことか」

子犬をもふりながらネリーシャは真面目《まじめ》な顔で解説してくれた。

あの、もしかしてだけど。そのせいでエフィだけ贔屓《ひいき》してるってことはない？

でもサナもそうだったけど、回復系のスキルはマジで貴重らしいからな。やっぱりエフィが王都に召集されなかった意味がわからん。

「次は俺の番か。俺はグラント、スキルは剛力《ごうりき》だ。人よりちょっとだけ強い力が出せるってだけだな。だが俺はこれだけで今まで生きてきた（クソッ！　犬かわいいな！）」

「グラントさんは十六年間も冒険者として戦ってきた猛者《もさ》よ。頼りにする人は多いわ（かわかわかわいい）」

「よく言うぜ、ネリーシャ。今のお前の実力は俺と大して変わらんだろ（もふもふさせてくれぇ）」

「そうかしら？（もふもふもふ！）」

エフィ、うるさいからその犬をしまってくれないか？

どいつもこいつも心ここにあらずじゃねえか。確かにかわいいけどさ。

「俺はサーフってんだ。スキルは気配減少。ほんの少しだけ存在感を薄めることができる斥候《せっこう》向けのスキルだね（あぁぁネリーシャ今日もかわいいなぁ終わったらデートしてくれないかなぁ）」

「サーフのスキルは応用が利《き》くから頼りになるわよ（もふもふもふ）」

「俺の中ではネリーシャの存在感がやばいね（もういっそ結婚してくれないかなぁ）」

「そう、よかったわね（男よりうるふちゃんよねー）」

こっちはこっちでうるさいな。しかも心の中で振《ふ》られてんじゃねえか。あんた、犬に負けてるぞ。

これで自己紹介は終わりか？　いや、もう一人いたわ。無口だけど一番の実力者、重鎧と大《おお》盾《たて》のドウマさんだ。

「……ドウマ。スキルは堅牢《けんろう》（ネリーシャ！　フォローを頼む！）」

「ドウマさんの堅牢は守りに特化しているの。戦いではいい壁役になってくれると思うわ（この人、強いんだけど口下手なのがねぇ）」

やっとまともな人が出てきた。

余計なことは言わないその姿勢がかっこいい。

親父があんな感じでうるさくてふざけていたからか、どうもオレはこういう真面目そうで無骨な人に憧《あこが》れる節《ふし》があるな。

「じゃあ、最後はルオン君よ」

「え？　あぁ、そうだな。名前は知っての通り、ルオン。神器は耳兜。なんか音がちょっとだけよく聞こえる」

「それだけ？」

「はい。ひどすぎて王都からの使者達にも呆れられました」

「音ねぇ（それで私の動きにかろうじて反応できたのかな？）」

よかった。誰も疑っている様子はない。

しかも耳兜で通すことに成功したよ。オレ、やったよ。

「おう、耳兜の小僧。ネリーシャに勝ったつもりかもしれんが、お前はこの中で一番弱い。それを忘れるな（見所はある。あるが、なんというか……こいつは……）」

「グラントさん、わかってますって」

グラントさんからの好感度は今一か。まぁそれはどうでもいい。問題はこっちかな。

「ルオン君よ、俺のネリーシャにクソみたいな手を使って勝ったのは生涯《しょうがい》忘れないからね？（それでなくてもネリーシャがこんな子どもに惚《ほ》れるわけがない）」

「そ、そうっすか」

危《あや》うく俺のネリーシャ発言に突っ込むところだった。本人もスルーしてるから、オレも黙るべきだろう。

「さ、あらかた自己紹介が終わったところで次の話よ」

「作戦とか？」

「それもあるけどまずはルオン君、あなたよ」

「オレ？」

「あなたの武器の新調よ。そのままだと確実に死ぬわ（それだけじゃないけどね）」

おおう、それは盲点《もうてん》だった。これはバンさんからもらった剣で、ずっと使っていたからな。刃こぼれもあるし、確かに疎《おろそ》かにしちゃいけなかった。

「じゃあ、武器を買いにいく？」

「そうじゃなくて。あなたと戦ってわかったけど、武器と人が合ってない（そう、この子は普通の剣以外の武器を使うべきよ）」

「じゃあ、普通の剣以外の武器を使ったほうがいいと？」

「物分かりがいいわね。そういうこと。だから今から鍛冶屋《かじや》に行くわ」

そりゃ物分かりはいいさ。でも意外なことを言われたな。オレと剣が合ってない？

言われてみれば、なんとなくで使っていた感じはある。

「なるほどな。確かに耳兜の小僧に剣は合っていないかもしれんな（ふむ、さすがネリーシャだ）」

「グラントさん、普通にルオンって呼んだほうが短くないですか？」

余計な突っ込みを入れてる場合じゃない。

剣じゃない武器って例えばなんだ？　槍《やり》？　斧？　弓？

「この町にとびっきり腕がいい鍛冶師がいるの。私の武器も作ってもらったのよ（ちょっと偏《へん》屈《くつ》だけどね）」

「その鍛冶師って頑固《がんこ》でいかにも職人って感じじゃないか？」

「よくわかったわね」

そりゃわかるさ。

職人ってやつは仕事に打ち込みすぎて、それ以外のコミュニケーションが疎かになった奴らだって親父が言ってた。

とんでもない偏見だなと思ったけど、やっぱりそうなのか。職人達も親父には言われたくないだろうけどな。

＊＊＊＊

町の片隅にある鍛冶屋【一鉄《いってつ》】。

外壁は亀裂が入っていて、入り口の上部にかろうじて看板がかかっているだけ。

全体的に黒い煤《すす》で汚れたような建物に案内されたわけだけど、なんかもうすでに嫌だ。

気難しい上にこれって嫌な予感しかしない。

「ガントムさん、こんにちは」

ネリーシャが挨拶《あいさつ》したそのおじさんは返事もせずに鍛冶を続けている。はい、気難しそうだね。

「おーじさん！」

「……エフィか。今日はどうした（頑固な鍛冶屋その一。来客が来ても必ず一回で返事をしない。今日も『頑固そうだができる鍛冶屋』を演じてみせるぜ）」

なんて？

こういう時、気のせいかなと周りに確認できないのがつらい。だってこれはオレにしか聞こえてないからね。

「ルオン君。こういう人だけど腕は確かだからね」

「これで確かじゃなかったら誰が相手にするんだ、こんな人」

そういえばちょっと前からネリーシャに敬語を使うのをやめていたことに気づく。

見知らぬ人には波風を立てないように敬語を使えと教えてくれたからそうしていた。村長がね。

親父があんなんだから、あの人にも地味に苦労を掛けたと思う。一応、おじさん連中には敬語を使うけどね。

「ガントムさん。今日はお客さんを連れてきたの（相変わらずねぇ）」

「……あぁ？（頑固な鍛冶屋その二。返事は常にぶっきらぼうに。決まったな）」

「こちらのルオン君よ。まだ駆け出しの冒険者だけど、見所があると思うの（どちらかというと得体《えたい》が知れないというか……）」

「なんだよ、またガキか（頑固な鍛冶屋その三。客がガキなら悪態《あくたい》をつけ）」

いや、何を演じてるんだ。

オレは何を聞かされているんだ。とりあえず知らない振りして付き合わなきゃダメなのか？

そのガントムさんがオレをジロジロと見る。

「ケッ、ひょろそうなガキだな。こんなガキに俺が打った武器が使えるもんかい（頑固な鍛冶屋その四。一度は突っぱねろ）」

「あ、じゃあ帰ります」

「あぁコラァ！　誰も打たねぇとは言ってねぇだろうが！（が、頑固な鍛冶屋その五！　万が一、帰りそうになったら強気で引き止めろ！）」

「じゃあ、お願いしますよ」

本当に帰りたいんだが。でもガントムさんの腕がいいならば、ここで帰るのはもったいない。

出来上がったものがよければ、この人の人格なんてどうでもいい。

「ガントムさん。ルオン君を見てどう思う？（さぁさぁ、どういう評価を下すのかな？）」

「……んん（やべ、なんだこれ？）」

「どう？」

「ちょっと待ってろ（待て待て、なんだこの小僧。こんなの初めて見たぞ）」

ガントムさんが奥の部屋に行ってゴソゴソと何かを取り出してから戻ってきた。持っているのは一本の剣だ。

「小僧、こいつを振るってみろ（こいつはナマクラだ。パッと見じゃわからねぇけどな）」

「試されてます？」

「いいから黙って振れ（頑固な鍛冶屋その六、図星を突かれても押し切れ）」

「わかりましたよ」

この剣がナマクラか。言われなかったら気づかなかったかもな。

よく見ると、刃《やいば》が微妙に斜《なな》めになっている。

このまま振るってもうまく刃が食い込まずに思ったほど傷を負わせられない。

だったらこうする。オレは斜めになってる刃を考慮《こうりょ》して、剣を振るった。

「む？　お、お前……（こいつ、見抜いてるってのか？）」

「これ、ナマクラですけどそこまでじゃないですね。うまく振れば使えないこともないです」

「そいつを一発でナマクラと見抜いたか（おいおい、これじゃ俺の立《た》つ瀬《せ》がないじゃないか）」

「パッと見ただけじゃわかりにくいのは確かですけどね」

ガントムさんが唸《うな》った。

別に意地悪したいわけじゃないけど、先に試してきたのはこの人だからね。

それにしても、こんなナマクラでもオレが使ってる剣よりずっといい。

これ無料でもらっちゃダメですかね？

怒りそうだから言わないけどさ。

「み、耳兜君。よくそんなの扱えるねぇ」

「そりゃ、エフィ。状況によってはこんなナマクラでも使わなきゃ生き残れないだろ。下手したら武器すらないこともある」

「そうなの、かなぁ？」

「だから戦いでも何でも、まずはどうすれば生き残れるかを考えてるよ」

武器に頼っていたら、武器がなくなった途端《とたん》に戦えなくなる。

一つの仕事に依存していたら、仕事がなくなった時に生活ができなくなる。

ましてや自分の生活を国に委ねるなんて恐ろしい。だからオレは色々な経験を積みたいんだ。

「ハハハハッ！　お前、すごいなぁ！　やるなぁ！（やっべ、素《す》が出ちまった！）」

「認めてもらえましたか？」

「う、うむ。約束通り、お前に合う武器を作ってやる（よし、軌道修正完了）」

「ありがとうございます」

これで「金はいらねぇよ、久しぶりにいいものを見せてもらったからな」とか言ってくれたら完璧なんだけどな。

いや、それはダメだ。いい仕事にはしっかりと報酬を支払うべきだろう。

「じゃあ、代金だが銀貨二枚でやってやる（やべ、ちょっと盛《も》ったわ）」

「たっか！」

「が、俺も人の子だ。特別に銀貨一枚にまけてやろう（いや、しかしだな。相手はガキだぞ？やっちまったか？）」

「んー、ちょっと足りないですね。すみません、出直してきますね」

「よ、予算を言え！（久しぶりの客だからな！　逃がすわけにはいかねぇ！）」

オレが悩んでいると、ネリーシャさんがつんつんとつっついてきた。

「私が立て替えてあげる」

「そんな大きな借りは作れないよ。ていうか知っててここに案内したな？」

「ごめんね、この鍛冶屋が高いのすっかり忘れてた。でもルオン君には絶対にこの人の武器が必要になると確信しているわ」

耳兜ともあろうものが、これを見抜けなかったなんてな。本人が考えていないことはさすがに聞き取れないのが欠点か。

だから忘れていたというのもウソじゃないんだろう。

「刃速の巨王蛇を討伐したら銀貨二枚が余《あま》るわ。それに何度も言うけど、ガントムさんの腕は私が保証する」

「そこまで言うならお願いするよ」

銀貨が二枚あれば、村の家が何軒くらい建つかな？

なんて雑に勘定《かんじょう》していると、ネリーシャさんが立て替えてくれた。

「おう、確かに受け取った。じゃあ、耳兜の小僧。期待して待ってな（ん？　なんで俺、こいつを耳兜って呼んだ？）」

「なんでしれっと耳兜で定着してるんですか」

百人がヘッドホンを見れば百人が耳兜と呼ぶのかもしれない。そして翌日、武器を受け取りにくると予想外のものを渡された。

なんだ、これ？　こんなのがオレに合った武器？

「蛇腹剣《じゃばらけん》？」

ガントムさんから渡されたのは、蛇腹剣という武器だ。名前を知らなかったら鞭剣《むちけん》と呼んでいたと思う。

一見すると普通の剣だけど、長さは二倍近い。振るうと鞭状に変形する。うん、口で説明できる自信がない。

「耳兜、持ってけ（頑固な鍛冶屋その七。説明は手短に、だ）」

「いや、説明してくださいよ。これ、どういう武器なんですか？」

「簡単に言うと剣と鞭の性質を併《あわ》せ持《も》つ。特別製のワイヤーが通ってるから、お前が思った通りに変幻自在《へんげんじざい》の軌道を実現できる（説明できてるか自信ないわ）」

「なるほど。わからん」

自分で作っておいて自信がないってどういうことだ。

この人、本当に腕がいい鍛冶師なんだろうな？

てっきり槍だの弓だのを渡されると思っていたから、どう事実を受け止めていいかわからない。

実際に手渡されたら、刃が鞭みたいにだらりと下がってめっちゃびびる。

「うおぉっ！」

「いや、作った本人が驚かないで下さいよ。これ本当に大丈夫なんですか？」

「俺には扱えないしこんなもん渡されたらたぶんキレるが、お前のために作った（俺は間違ってないっ！）」

「オレもキレるかもしれませんよ」

改めて手に持ってじゃらじゃらと動かすと、不思議な心地になる。

確かに異質な武器だし誰がこんなもん使うんだと思うけど、手に馴染《なじ》む感覚があった。

手首を軽く動かすと、その鞭みたいな揺れで発生した空気の動きが音として伝わってくる。

不思議と頭の中にその軌道が思い描かれた。

文句を言ってしまったけど、これもしかしてとんでもない武器なんじゃ？

普通の剣と違って気をつけるべきことはあるけど、メリットのほうが多い。

「耳兜君、それ見てるとちょっと怖くなってくるよぉ」

「あぁ、確かにそれはある。普通の剣よりも、より殺傷力を高めているせいだろうね」

エフィの言う通り、こいつで斬られたらかすり傷でも危うい。

刃が続け様にヒットすれば二重、三重にもなって傷口がえぐられる。

なかなか自然治癒もしない負傷の仕方をするから、武器というより処刑道具といったほうがしっくりくるな。

それを考えるとこのガントムさん、腕がいいどころか奇天烈《きてれつ》すぎる。なんでオレを見てこれを作ろうと思ったんだ？

もしかしたら、そういうスキルを持っているのかもしれない。

「ルオン君、どう？」

「ネリーシャさん、これ悪くないよ」

「その形状の武器を持たされてそう答えるのね。やっぱりガントムさんは天才よ（それにしても見れば見るほど寒気がする武器ね）」

「討伐までまだ余裕があるから、こいつを使いこなせるように訓練するよ」

オレは蛇腹剣を鞘《さや》に収めた。

通常の真《ま》っ直《す》ぐな剣にもなれるし、鞭にもなれる。癖《くせ》しかないけどワクワクしてきた。

＊＊＊＊

蛇腹剣を買った日からオレは冒険者ギルドの訓練場で訓練に明け暮れた。

この蛇腹剣、振るってみると予想以上にしなる。弧を描く軌道がすごく綺麗《きれい》で、それでいて荒々《あらあら》しい。

油断しているところこちらに刃が跳ね返ってくるから、手なずけるのに苦労する。

オレは毎日、ひたすら蛇腹剣を振るっていた。いわゆる剣術でいう素振《すぶ》りだ。

基本の型を自分なりに作りつつ、応用にも発展させる。

通常の剣じゃあり得ない動きで攻撃範囲が広がるのがたまらなく楽しい。

そんなオレを奇異《きい》の目で見る冒険者達がいるけど気にしない。


（気持ち悪い武器だな……）

（あんなもん実戦で使いものになるかよ）

（そういやあいつを相手にした受付嬢いなくなったなぁ）


あの受付嬢は今頃、どこで何をしてるんだろう？　どうなっていても自業自得だし、オレには関係ないけど。

「ルオン君！　おはよっ！」

「エフィ、やっと名前で呼ぶ気になったのか」

エフィがニコニコと挨拶をしてきた。こいつはいつも笑顔だな。

「ネリーシャさんがちゃんと名前で呼べって言うからぁ」

「お前は暇《ひま》そうで羨《うらや》ましいな」

オレが行くところにエフィあり。いつもこうだ。最近は常についてくる。

しかもこのエフィ、ネリーシャとパーティを組んでいるわけじゃない。

たまたまこの町で知り合っただけと聞いて驚いた。

「鞭蛇《むちへび》どう？」

「鞭蛇言うな。蛇腹剣はいい武器だよ」

「いいなぁ。私なんか未だに神器すら使いこなせないんだもん」

「その本か？」

「うん」

エフィのサモンブックには様々な召喚獣が書かれているけど、ほとんど呼び出せていない。

つい最近になって回復をもたらすケットシーを呼び出せるようになったみたいだ。

神託《しんたく》の儀《ぎ》では子犬みたいなウルフを呼び出して失笑されたらしい。

「さもんっ！　うるふ！」

「いや、なんでここで呼ぶんだよ」

「わんっ！」

エフィがペットと戯《たわむ》れ始《はじ》めた。邪魔になるから端《はし》に寄ってくれ。

再び一心不乱に訓練しているとグラントさんがやってきた。

「やってるな。やけにがんばってるじゃねぇか（意外と根性ありそうだな）」

「グラントさんも訓練？」

「まぁな。何せでかい討伐があるんだ。四六時中、冒険者ギルドで駄弁《だべ》ってる奴らにゃ任せられねぇ仕事がな（あいつらマジでやる気ねぇわ）」

「楽しそうで何よりだよ」

最初はオレを煙たがっていたグラントさんも、最近はこうやって声をかけてくれる。

冒険者ギルドのテーブル席でのんびりしている人達とは違って、よくここで訓練をしていた。

「そろそろ俺が模擬戦の相手をしてやるよ（お手並み拝見だな）」

「頼むよ」

「もちろん目つぶしとかはやめてくれよ？」

「わかってるよ」

オレは毎日のようにグラントさんと模擬戦をした。

そして嬉《うれ》しいことに蛇腹剣のおかげでグラントさんといい勝負ができていた。

歳《とし》は離れているけどお互いにいい汗を流せている。

「ま、まいった！　そいつはやばすぎる！（この俺がぶるっちまったよ）」

「対戦ありがとうございました」

それどころか一勝をもぎとったこともあった。

さすがにこんな年下の小僧に負けて穏《おだ》やかじゃいられないみたいで、グラントさんはかなりショックを受けている。

それでも観念したように笑って握手をしてくれた。これが大人って言うんだろうな。

トイレ掃除ジャンケンで負けたからって、ふてくされて半日くらい家出するどこかの親父とは大違いだ。

訓練後の夜は討伐会議。これが何日も続いた。

刃速の巨王蛇はブラストベアですら抵抗できずに切り裂かれる災害みたいな魔物と聞いてオレもぶるった。

＊＊＊＊

出発前夜、オレ達は冒険者ギルドに集まって最後の会議をしていた。

オレ、ネリーシャ、エフィ、サーフ、グラントさん、ドウマさん。

ネリーシャによると、どうやらこのメンバーが町の冒険者ギルドで一番強いらしい。

そういえばグラントさんが言ってたな。

他の冒険者のほとんどはろくに訓練もせずに駄弁ってばかりだって。

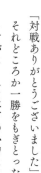

他人の生き方にケチをつける気はないし、それでオレ達に仕事が回ってくるなら素直に喜ぼう。

刃速の巨王蛇の生息地はこの町の東にある森林地帯だ。

全長は民家数軒に巻き付けるほどで、巻き付かれたらブラストベアでも絞め殺される。

一度、国の気まぐれで討伐隊を派遣したけど半壊してからは失態ごとなかったことにしたらしい。

国の討伐隊ってことは騎士団だろ？　それを半壊ってどんな化け物だよ。と、誰もが思うから討伐しなきゃいけない。

「ネリーシャ、こういうのって国は永遠に放置するのか？」

「騎士団も常にカツカツだし、予算や人員を回せないって話よ。だから私達が儲かるんだけどね」

「だったら国は冒険者に頭が上がらないな」

「国は冒険者にあまり感謝なんてしてないと思うわよ。むしろ目の上のたんこぶくらいに思ってるんじゃないかしら」

そりゃ冒険者ギルドなんて一大組織が国内で成果を上げてるんだからな。

だからたまに優秀な冒険者を引き抜こうとするらしい。

神託の儀もその一環だろうな。予《あらかじ》め優秀なスキルや神器を与えられた人間を引き抜いていく。

ラークやサナみたいに喜ぶ人間ならいいけど、オレみたいなのはたまったものじゃない。

神託の儀をやらなければ自由にさせてくれるというなら、オレは迷わずそっちを選ぶ。

結果的にこの耳兜が神官達のお眼鏡《めがね》に適《かな》わなかったから助かったけど。

最後の作戦会議はほとんど決まっているポジションと役割の確認だ。

ドウマさんやネリーシャが先行で仕掛けて、サーフが別方向から奇襲。

オレはというと、蛇腹剣の特性を考慮してダメ押しの止《とど》め役だ。

ヘッドホンで敵の弱点を知ることができるとは伝えたから、出番は最後になった。

つまりオレは皆が戦っている間にできるだけ早く弱点を見つけ出さないといけない。この場合は聞き出さなきゃいけない、か。

ふむふむと考えていると、サーフがオレの肩に腕を回してきた。

「お前はそんなに身構えなくていいよ。気持ちはわかるんだけどな（わかってる。こいつはネリーシャにいいところを見せたいんだろ）」

「それはよかった」

「俺はハッキリ言ってネリーシャにあんな勝ち方をしたお前が許せないが、共闘に私情は持ち込まない。ただお前にいい格好をさせる場面はないってことを明らかにしてやる（俺は大人だからな、大人だ大人だ大人だ）」

「いいよ。その代わりオレは割のいい仕事をさせてもらうからね」

つまりそういうことだ。

サーフがネリーシャにいい格好を見せるということは、それなりに活躍するはず。

じゃあオレは大して苦労せず銀貨三枚、いや。武器の立て替え金を差し引いて銀貨二枚をゲットできる。

なんだ、お互いの利害が一致してるじゃないか。サーフって実はいい奴だったんだな。

めっちゃ私情を持ち込んでるけど。

「サーフ、下らないことでルオン君に絡まないで」

「ネリーシャ、これは下ることだよ。あのね、君はあんな勝ち方をされて納得しているのかい?」

「下ることってなによ。むしろ感心したわ。あれはルオン君の『参った』を確認しないで油断した私が悪いのよ(つまらない男ばかりだったからね。いい刺激になったわ)」

「卑怯《ひきょう》な手を使うことに感心しないでくれ。それにあの場面、まだ挽回《ばんかい》の手はあっただろう?」

(俺ならできた!)」

オレのために争わないでくれ。

もう作戦はきっちり決まったんだから、後は明日に備《そな》えて寝るだけだ。

今日はネリーシャが特別に宿代を出してくれるというから、少しだけ気分がいい。

いびきや呪文が聞こえてくる激安宿なんかじゃ疲れがとれないというものだ。

しかも呪文が聞こえてきたオレの隣の部屋は使われてない空き部屋らしいじゃん。

世の中、不思議なこともあるもんだね。

「サーフのことは気にしないでね、ルオン君。なんか私に惚れてるみたいだけどまったく眼中にないからね」

「後半の情報って必要？」

「今日はあの激安宿に泊まっちゃダメよ。誰もいない部屋から死にかけた小動物の鳴き声みたいないびきが聞こえてくるとか、色々言われてるからね（無料でもあんなところお断りよ！）」

「呪文だけじゃないの？　まさかのサイドアタックかな？」

不思議なことはさておき、今日はふかふかのベッドで寝られる。

オレは極論、床か地面さえあればどこでも寝られるけどたまにはいい宿で寝るのもいいか。

宿代を節約していたとネリーシャに言ったら、睡眠の質が落ちると戦いのコンディションにも関わると言われた。

先輩の助言はありがたく受け止めて、お金に余裕ができたら少し宿のグレードを上げようと思う。

「それよりネリーシャ。討伐戦だけどさ、本当にオレはエフィを守りながら後方待機でいいのか？」

「そうね。極端《きょくたん》な話、エフィさえ生きていればある程度の立て直しはできる。そのために逃走経路も打ち合わせしたからね」

「逃走も視野に入る化け物かー」

改めて考えたけど、オレはとんでもない化け物を相手にしようとしてないか？

実はちょっとだけ後悔してるけど、引くに引けない。
今のオレは経験と引き換えに命を差し出そうとしてるに等しいわけで。
冒険者っていかれてるな。

第三章　自然界の洗礼ってやつは想像以上だ

刃速《じんそく》の巨王蛇《きょおうへび》の生息地である森林は丘陵《きゅうりょう》地帯で木々が高く、昼間でも薄暗い。

当たり前だけど魔物と戦う場所はほとんどが人間に不利な地形ばかりだ。

整地されたところばかり歩いていると、安全な道しか歩けなくなる。

いざ劣悪な場所を歩くと転《ころ》んで怪我《けが》をするかもしれない。

そうならないようにオレはどんなところでも歩けるようになりたい。

だから経験ってやつは人生を豊かにするための糧《かて》だと思ってる。

オレとエフィは今、別動隊として森の中を歩き進んでいた。

「ねーねー！　耳か……ルオン君はなんで冒険者になったの？」

「耳兜《みみかぶと》って言いかけただろ。別に。あくまで生きる手段の一つとしか考えてないよ」

「料理店のお仕事も？」

「どこかで役立つかもしれないだろ」

エフィはオレのどこに興味を持ったのか、やたらと質問をしてくる。

オレなんて耳兜を被《かぶ》ってる田舎者《いなかもの》ってだけだろ。

「そっかぁー。私は家出したから、がんばらないとって感じだよ」

「家出？」

「そっ。代々音楽家の家系だから私にも音楽家になれって言ってくるの。楽器なんか苦手だし、練習は厳しいから逃げてきた。どっちかというと魔法のほうが好きだからね」

「それは大変だったな」

他人の家のことながら、エフィに同情した。

家柄《いえがら》によってはそういうことが往々にしてあるのかもしれない。親が子どもに理想を押し付ける、か。

自分の子どもが自分と同じことができるとは限らない。代々何かを続けるというのは大変だ。だからこそ、続けられなくなった時の覚悟もしなきゃいけないんじゃないか？

オレがエフィだったら、両親に対してこう言うだろう。

「オレはあんた達そのものじゃない」ってな。と、顔も知らない人達に憤《いきどお》ってもしょうがない。

「さもんっ！　うるふっ！」

「いや、だからなんでそれをここで召喚する」

「うるふは匂いでいろんなものを掘《ほ》り当《あ》てられるんだよ」

「なんだって？」

ウルフが地面をくんくんと嗅《か》いで歩き出す。少し進んだところで地面に向かって吠えた。

「わんっ！」

「どれどーれ！　えっさ！　掘《ほ》りっさ！　あ！　銅貨が七枚も埋まってたよ！」

「マジかよ。なんでだよ」

「わんわんっ！」

だいぶ古びた銅貨だし、ひょっとしたら遺留品《いりゅうひん》かもな。

それはそうと、このウルフってめっちゃすごくない？　音楽家を目指している場合じゃないぞ？

「さて、そろそろ……お？　戦いが始まったみたいだ」

「ネリーシャ達が戦ってるの⁉」

「音が教えてくれたよ。いや、でもなぁ……」

うん。音だけでわかる。オレなんか近づいただけで真っ二《ぷた》つにされかねない。

これと戦ってるネリーシャとドウマさん、それにグラントさんもやばすぎだろ。あとサーフか。

「早く行かないとぉー！」

「慌《あわ》てるな。慎重に距離を縮《ちぢ》めていくぞ。幸いこのヘッドホンのおかげで大体の距離を把握《はあく》できるからな」

近づくにつれて戦いの激しさが伝わってくる。

刃速の巨王蛇が旋回して移動するたびにハゲ山になりそうな勢いだ。

討伐《とうばつ》を急がないとこの森そのものが壊されかねない。

とはいえ、なんなのあの化け物。正直、行きたくないんだけど。

高速で動き回るたびに全身についた刃《やいば》が巨木を巻き込んで斬り倒している。

そして遠目に見えたのはドウマさんとグラントさん、ネリーシャが傷つきながらも食い下がっている場面だ。

蛇《へび》のほうも無傷とはいかないけど、まだ余裕があった。

「ひえぇぇ！　あ、あの三人があそこまで！」

「蛇のほうはまだまだ元気だな。これ以上近づくと、見つかる可能性がある。あとはサーフがどうするかだけど……」

オレがそう思った時、サーフの音が聞こえた。これはたぶん攻撃を仕掛けようとしている。

おいおい、まだ早いんじゃないか？

あの二人ならもう少し持ちこたえてダメージを与えられるし、ここは我慢しろ。

だけどサーフは蛇の背後をとって一気に攻撃を仕掛けた。

ダメだ。音でわかる。あの距離じゃ――

「サーフ！　ダメだ！」

思わず大声で叫んだ時には遅かった。

サーフが反撃を受けて、血を飛び散らせながら吹き飛ぶ。

「あの色ボケイケメン野郎！」

オレは駆けた。蛇腹剣《じゃばらけん》を振《ふ》り回《まわ》して牽制《けんせい》しつつ、サーフのところへ向かう。

「ルオン君！」

「ネリーシャ！　オレは冷静だ！　このままじゃサーフが死ぬからとっととこいつを討伐するぞ！　援護してくれ！」

蛇野郎がオレを睨《にら》む。背筋が凍《こお》り付《つ》くかと思うほど怖い。

体をしならせてから、一気にかぶりついてきた。風の音や振動音で軌道を把握、寸前のところで回避。

が、すぐに体をしならせて恐ろしく早い追撃への転換。

やっべ、死ぬかも――

「むんっ！」

「ドウマさん！」

「俺ならいくらでも持ちこたえられる！」

ドウマさんが盾になって蛇野郎の攻撃を真正面から受けた。

足腰を踏《ふ》ん張《ば》って耐えているけど、少しずつ押されている。

「さもんっ！　ケットシー！」

エフィがケットシーを召喚した。

猫人間みたいな二頭身の生物がぴょんっと跳ねると、皆の体の傷が癒《いや》されていく。

サーフのほうもこれで少しはなんとかなったと思う。

だけど完全治癒ではないようで、依然《いぜん》として状況はあまり変わっていない。

オレは蛇腹剣を躍らせるようにして、刃速の巨王蛇に攻撃を仕掛ける。

「お、効いてる」

刃速の巨王蛇にとっても蛇腹剣の軌道は読みにくいみたいで、ダメージを蓄積《ちくせき》させていく。

だけど致命傷とはいかない。刃速の巨王蛇がオレとドウマさんごと吹っ飛ばすようにしてまた活動を開始した。

「いってぇ……」

「すまない、ルオン。また俺が盾になる」

ドウマさんが再び刃速の巨王蛇の刃を受けきる。

それでも衝撃の余波《よは》でドウマさんの鎧《よろい》や体が少しずつ斬られていた。

「オレはあの蛇野郎の弱点を見つけ……いえ、聞き出します」

「できるのか？」

「集中しないといけないから、すぐってのは無理ですね」

「よし！　ネリーシャ！　グラント！　もう少しだけ踏ん張るぞ！」

口数が少ないはずのドウマさんが大声を出した。オレはさっそく音に集中する。

刃速の巨王蛇が移動する際の振動音や風の音、呼吸音。破壊音。そして心臓の音。すべての音を聞いた。

「う……」

きつい。頭の中がぐちゃぐちゃになりそうな上に吐き気がする。

相手の強さが自分とかけ離れているほど、この作業は負担《ふたん》になるらしい。

何せ音だけで殺されるんじゃないかってくらい圧倒される。

頭痛と吐き気を堪《こら》えながら、オレはひたすら集中した。

「ル、ルオン……」

「サーフ、用があるなら後にしてくれ」

「……わかった」

倒れてまだ動けないサーフは何か言いたそうだ。口元を押さえながら、オレは音を聞く。

「う、うぇ……あ、あと少し……」

ふらつきながらもオレは耐えた。

きつい。こんなことなら討伐なんかやめておけばよかった。

こんなことしなくても、生きていくだけなら困らない。

だけど今、オレはここにいる。そしてオレのために耐えてくれている人達がいる。

「あ、そ、そうか……」

音の暴力に耐えながらも、蛇のデタラメな動きの意味がようやくわかった。

あの大胆かつ縦横無尽な動き、オレは目立つ部分にだけとらわれていたみたいだ。

「見つけたぞ。蛇野郎の弱点！　ネリーシャ！　ドウマさん！　グラントさん！　オレを援護してください！」

オレは刃速の巨王蛇の弱点に向けてまた駆けた。

「弱点は頭と正反対！　尻尾の先だ！」

刃速の巨王蛇は蛇らしくジグザグやらうねうねやら、訳の分からん動きをしていた。

だけどそれは心臓である尻尾の先を守るためだとすれば見えてくる。

尻尾をオレ達の前に出さないように、とにかくがむしゃらに動きまくっているんだ。

「わかったわ！　尻尾の先ね！」

「だったら俺が牽制する！」

ネリーシャが走って、ドウマさんが刃速の巨王蛇の邪魔をするように立つ。

ドウマさんやネリーシャは全身から血を流しているし、あまり時間はかけられないな。

頭痛と吐き気をこらえて、オレは更に集中した。蛇腹剣を振りながら、オレも刃速の巨王蛇に迫る。

二重、三重と斬りつけるだけじゃない。

「どっち見てんだ蛇助！」

蛇腹剣の先端が刃速の巨王蛇の死角から刺さる。

また振るうと蛇腹剣が抜けて、次の動きを始めた。

こいつも自分と似たような動きをする武器は初めてだろうな。

オレは蛇腹剣の刃の動きを耳で捉えて、自在に操《あやつ》ることができた。

斬る、突く、薙《な》ぎ払《はら》う。それが同時に行えて、追撃までのラグがほとんどない。

常に動き続ける刃の音を拾い続けることによって現在の軌道を把握、そして修正できる。

事実上、無限の攻撃パターンを生み出せるわけだ。ガントムさん、あんたにはいい仕事をしてもらった。

しなる刃が弧を描くと同時に、刃速の巨王蛇に多段ヒット。刃速の巨王蛇に幾重《いくえ》もの傷を負わせた。

「す、すげぇ……！」

「グラントさん、隙《すき》が生まれたぞ！」

「おう！」

音を聞いているとよくわかる。明らかに刃速の巨王蛇の動きが鈍《にぶ》っていた。

振動音と風の音が一瞬だけ途絶《とだ》えたところで、グラントさんにアドバイスができたのは大きい。

剛力《ごうりき》持ちのグラントさんの斧《おの》がクリーンヒット、刃速の巨王蛇から血が噴き出した。

だけどこれじゃいつまで経《た》っても致命傷にならない。先にオレ達の体力が尽《つ》きて終わるのがオチだ。

エフィが召喚したケットシーの回復がなかったら今頃は全員死んでいたかもな。

「ルオン！　いけぇ！」

「ありがとう！　グラントさん！」

グラントさんの一撃で刃速の巨王蛇がかすかに怯《ひる》んでくれた。

ジャンプして刃速の巨王蛇の背に乗ったオレは走り出す。

オレを振り落とそうとまたがむしゃらに動くけど、それも制限されていた。

「させないわ！」

「俺達がちょろついて目障りだろ！」

ネリーシャとグラントさんが傷つきながらも牽制してくれていた。

オレは蛇の背を走って尻尾の先を目指す。

ようやく尻尾の先が見えた時、ぐるんと刃速の巨王蛇の体が反転した。

「届く！」

落ちる直前、蛇腹剣を振るうとその先端が尻尾の先にぶっ刺さった。

「ギィアアァァ────────！」

痛みで暴れる刃速の巨王蛇にオレは振り回された。絶対にこの蛇腹剣を手放すわけにはいかない。

振り子みたいになってるオレに限界が近づいている。

だってずっと頭痛と吐き気を堪えているんだからな。

「うぷ……」

尻尾の先から蛇腹剣の刃が抜けたと同時にオレは地面に投げ出された。

体を打ち付けた痛みに悶《もだ》えながらも、オレは必死に堪えている。

「きっつ……」

クソ、想像以上にきつい。

こんなことをしている間にもあの化け物は——あれ？　やったのか？

「……し、静かになったわね」

「討伐できた、のか？」

グラントさんとネリーシャが動かなくなった刃速の巨王蛇に近づく。

二人が色々と観察をして調べている間にオレはなんとか気持ちを落ち着かせた。み、水。水を飲もう。

「ふぅ……。あー、しんど……」

「ルオン君！　ぶっ殺したよ！」

「オレをか？」

「ち、違うって！　刃速の巨王蛇だよ！」

エフィがオレに告げた通り、どうやら討伐は終わったみたいだ。

辺りを見回すと見事に森がぐちゃぐちゃだ。こんな化け物がいたんじゃ生態系もクソもないな。

だからこそ冒険者が必要とされるんだろうけど。確認を終えたネリーシャ達がオレのところへやってきた。

「ルオン君、大丈夫？（つらそうね……。すぐに休ませないと）」

「まったく大丈夫じゃない……」

「お手柄どころじゃないわよ。出会った時とは別人みたいな動きをしていたわ（成長したというより、進化したといったほうが正しいわね）」

「蛇腹剣のおかげかな」

こいつは思った以上に、いや、怖いくらいにオレに馴染《なじ》む。銀貨一枚でいいのかと思うくらいだ。

オレが蛇腹剣を見つめていると、サーフが俯《うつむ》いている。ケットシーのおかげで死なずに済《す》んだみたいだ。

色々と思うところはあるだろうけど、辛気臭《しんきくさ》いのは後にしてくれ。

「ルオン……。その、悪かった」

「サーフ、そういうの後にしてくれ」

「お前は命の恩人だ、言わせてくれ。お前がいなかったら俺は死んでいたんだから……」

「それを言うなら、オレがいなかったらあんたも無茶しなかっただろ。後にしろって」

優しく言ったけど、これは猛省《もうせい》したほうがいい。本来なら死んでいてもおかしくなかった。

恩に着せるつもりはないし、あまり引きずられるとこっちも面倒だ。

ネリーシャに惚《ほ》れているならオレなんかに構わないで、勝手に告白してくれ。

なんていうか、サーフは軽薄《けいはく》そうに見えて案外一途《いちず》だ。

どこかの幼馴染《おさななじみ》も見習うべきだな。今頃、ラークと仲良くやってるのかな？

「ルオン君はそこで休んでいて。刃速の巨王蛇の素材を確認して採取するわ」

「あぁ、ここで見ているよ」

ネリーシャ達が刃速の巨王蛇の解体作業を始めた。本来ならオレも手伝うべきなんだろう。

疲れて傷ついているのはオレだけじゃないからな。でもここはルーキーってことで甘えよう。

終わった頃には日が沈《しず》みかけていた。

「ふぅ、あと少しでも戦いが長引いていたらやばかったな。それもこれもルオンのおかげだ」

「グラントさん、今日は野営して帰りは明日にしましょう」

「そうだな。ルオン、立てるか？」

グラントさんに言われてオレは立とうとした。

だけどふらついて、近くの木にもたれかかってしまう。

「危ないわ。野営地まで私がおんぶしてあげる（こういう時、新人を労《いた》わらないとね）」

「いや、遠慮するよ」

「ダメ」

「ちょっ……」

ネリーシャはオレをおんぶした。見かけによらず、とんでもない体力だ。

ここまでされて断ったところで意味がない。ないんだけど、サーフの視線が少し気になるな。

（本当は俺がおんぶしてやるべきなんだろうな。ネリーシャ、ありがとな）

なるほど。嫉妬《しっと》はない、と。

＊＊＊＊

刃速の巨王蛇討伐の話はオレが思っている以上に町を騒がせるかもしれない。

冒険者ギルドに帰ってきたオレ達に対して、冒険者達が目を丸くしている。

（騎士団に続いて冒険者討伐隊が三十人くらい返り討ちにあっているんだぞ？）

（虚偽《きょぎ》報告でもする気か？　バレたら大変なことになるぞ）

（ウソだろ？　絶対死んだと思ったんだが……）

誰一人として欠けることなく生還したオレ達に冒険者達は圧倒されているみたいだ。

そう考えるとオレとエフィ以外のメンバーは軒並《のきな》み化け物揃《ぞろ》いってことになるな。単独だとこの町じゃ敵はいないように思える。

新しい受付嬢に討伐証明である鱗《うろこ》や欠けた刃を提出した。

「お、おめでとうございます！　これであの魔物に壊滅《かいめつ》させられる村もなくなるでしょう！

（怖いよー！　まだ新人なのにすごい人達と話してるぅ！）」

「緊張しなくてもいいわよ。私達だってあなたと同じ平民だからね（新人ちゃんならケアしてあげないとね）」

「は、はいぃ！（お姉様、優しい！　好き！）」

ネリーシャ、マジお姉様。強さってのはこういう人間性も関係しているんだろう。

オレも見習いたいけど、こういうのは年季《ねんき》もあるんだろうな。

オレより数年長く生きているだけはある。

その後も慣れない新人ちゃんにネリーシャが手取り足取りサポートしてあげていた。

新人のうちから刃速の巨王蛇の討伐報告や素材の受け取りを経験できたんだ。

あの子にとっても人生において貴重な糧になると思う。

＊＊＊＊

報酬《ほうしゅう》の分配を兼《か》ねた祝勝会は酒場でやることにした。

冒険者ギルドだと変に注目を浴びてしまうし、やっかんで絡んでくる輩《やから》がいるかもしれないということだ。

オレもそれには賛成した。羨望《せんぼう》や嫉妬が入り混じった心の声がうるさくてしょうがない。

特に妬《ねた》む暇があったら鍛錬《たんれん》でもしてろ。

「ルオン君、何にする？　お酒は……まだ早いわね」

「個人的に酒は嫌ですね」

ネリーシャが残念そうに落胆した表情を見せた。一緒に飲みたかったのか？

飲み物を頼む段階になってオレとエフィ以外は酒を頼んだ。

オレは年齢的なものもあるけど、親父の飲みっぷりを見て胸やけしているから今後も酒は飲まないと思う。

親父の血が流れているオレだから、もし飲めば酔《よ》っぱらって隣の家に入り込んで寝るかもしれない。

なぜか裸《はだか》になったまま畑で寝ているかもしれない。

今になって思うけどよく村を追い出されないな、あの親父。

「さ、約束通り報酬の分配よ。ルオン君は銀貨二枚……といきたいところだけど、銀貨三枚ね。武器代は私の奢《おご》りよ」

「……どういうこと？　武器代との差し引きで銀貨二枚じゃ？」

「野営の時、ルオン君が寝た後で皆で話し合ったのよ。ルオン君がいなかったらあのままジリ貧で負けていたか誰かしら死んでいた。ここで評価しないのは冒険者として目が曇《くも》っているってことよ」

「こんなに……」

初めて手にした銀貨は重く感じた。銀貨一枚あれば村全体の数か月分の生活費を賄《まかな》える。

村暮らしは王都暮らしと違って水洗や下水道なんかの設備がないから、大したお金はかからない。

夜は早々と寝るから灯《あか》りに使うランプの消耗《しょうもう》も少ない。

不便さと引き換えに安く済んでいるとはいえ、それでもそんな暮らしの数か月分だ。

とはいってもオレは村に生活費全般を送ることを村長に禁じられていた。

お前が稼《かせ》いだお金は自分の未来に使え、だそうだ。

それに送金したところで親父の酒代に使われるのが癪《しゃく》だとも言っていた。それはオレも同意する。

「ルオン君、飲んでるー？」

「飲んでるから、オレのグラスにジュースを注ぐな」

「いえーい！」

「聞けや」

エフィが陽気に笑いながら、オレにジュースを飲むよう促《うなが》してくる。

こいつは酒を飲まなくても、常に酔っぱらってんな。境遇の割には悩みがなさそうで何よりだ。

「ルオン、改めて礼を言うよ。そして突っかかってごめんな」

「サーフ、戦ったのはあんたを含めて全員だよ。突っかかってきたのは猛省してくれ」

「そうだな。ルオン、俺は気づいたんだよ。俺はお前に対してあまりに誠実じゃなかった（そう、お前の気持ちを軽んじていた）」

「嫌な予感しかしないから、それ以上喋《しゃべ》らなくていいよ」

あぁ、わかってる。何が言いたいのか、よくわかる。サーフ、それは口に出すな。

「ルオン、お前と俺はライバルだ。お前を対等な恋敵として認める」

「だから喋らなくていいっつっただろ」

「お前の年齢だとそういうのはちょっと照《て》れ臭《くさ》いよな。わかるぜ、俺も初恋の時は認めたくなくて、つい意地悪な態度をとっちゃったからな」

「口を閉じろよ、めでたい席だぞ」

あぁもうめんどくさい。あのまま死んでくれたほうがよかったんじゃないか？

「ルオン君、サーフの戯言《たわごと》はいつものことだから気にしないでね（後で七、八発くらい殴っておこうかしら）」

「ネリーシャとサーフは常に一緒に行動してるわけでもないんだろ？　なんでこんなに惚れられているんだ？」

「それが私の行く先々になぜかいつもいるのよ」

「こわっ！」

それは話に聞いたストーカーってやつだろ。七、八回くらい殺してやれ。

しかもオレを巻き込みやがって。オレは面倒ごとは嫌いなんだ。何が恋敵だ。

サナといいこいつといい、恋愛をやりたいならグループを作って勝手にやってくれ。

「ネ、ネリーシャ。俺は確かに不甲斐《ふがい》ない男かもしれない。でも君を想《おも》う気持ちは本物なんだ
（見捨てないで見捨てないで見捨てないで）」

「前の町で断ったはずよ。腕が立つからあなたとパーティを組むことはあるけど、それ以上で

もそれ以下でもない」

ここまで拒絶されたら、オレなら自分から離れるけどな。

たぶんサーフみたいな人間とは一生わかり合えないんだろう。

オレがドリンクを飲んでいると、グラントさんが凝視《ぎょうし》してきた。

(このルオンは末恐ろしいな……。俺はこいつが怖い)

「グラントさん、あの時はフォローありがとうございました」

「お、おぉ。飲んでるか?」

「酒以外をね」

オレが怖いなんて、グラントさんも酔っぱらっているんだな。あれは皆の勝利だし、オレより強い奴《やつ》なんていくらでもいる。

オレ自身には誰それより強くなりたいとかそんな願望はない。生きていければそれでいい。

それよりドウマさんが今考えている切実な悩みのほうがよっぽど親近感が湧く。

(さっきから誰とも話せていない！　酒をちびちび飲んでごまかしているだけの時間だ！　冒険者は好きだが、こういう場はどうしても慣れん！)

オレもどちらかというと苦手だ。おいしいものが食べられるなら話なんて適当にスルーするけどね。

戦っていた時は大声を出せていたのに不憫《ふびん》な人だ。

飲み会後半はネリーシャが浴びるように飲んでベロンベロンになり、グラントさんが寝息を立てていた。

サーフは酔っぱらって泣きじゃくってるし、エフィは中盤くらいから眠っていた。ドウマさんは最後までちびちびと飲んで誰とも話せずにいた。

何にせよ、つらい戦いの後にこうやって大騒ぎできるのは冒険者としての楽しみの一つかもしれない。

「どいつもこいつも……放っておくか」

オレはグダグダになったこの飲み会の場で体を休めることにした。

今日は討伐報酬の銀貨の他に、オレは刃速の巨王蛇の鱗や刃をもらったから満足している。

強い魔物から採《と》れた素材で武器や防具をパワーアップするのが冒険者の定石らしい。

だから強い冒険者ほどいい装備を身に着けている。

明日、ガントムさんのところに行く予定だ。

第四章　なんかすごい人に評価された

朝、起きてガントムさんの鍛冶屋《かじや》まで行くと人だかりができていた。場所を間違えたかな？　ボロボロの看板、言われなきゃ営業していると思えない建物。それがこの鍛冶屋だったはずだ。

一人で来なくてよかった。何せ確認する相手がいないと困る。

「ネリーシャ、エフィ。ここってガントムさんの鍛冶屋だよな？」

「え、えぇ。場所を間違えたのかな？」

「じゃあ、違うんだな。帰ろう」

「ま、待ちなさいって！　間違いなくここがガントムさんの鍛冶屋よ！（本当に帰ろうとした!?）」

いや、だって信じられない。

オレが初めて訪れた時は客なんかいなかった。

ネリーシャによれば、ガントムさんのとっつきにくい性格が災《わざわ》いしてあまり客が来ないって話だった。

頑固《がんこ》な鍛冶屋なんて演じてるからそうなるんだ。

人だかりを見ると客は冒険者達だ。

「あの刃速《じんそく》の巨王蛇《きょおうへび》を討伐《とうばつ》した冒険者達はここで武器を作ってもらったって?」

「しかも一人はルーキーのガキらしいぜ」

「まさか冒険者ギルドの前の受付嬢がやめた原因とか言われてるガキじゃないよな?」

「さぁ、そこまでは……」

お前らはミーハーか。

結局、こういうのは田舎《いなか》も町も変わらないのか。

オレの村でも、やってきた行商人が「うちの製品は王国騎士団の団長も気に入っている」と言っただけで村人が殺到《さっとう》したもんな。

しかも今回は受付嬢をやめさせたガキとかいう、訳のわからない情報に踊らされている。

そんなガキがいたとして、だからなんだって言うんだ。

「困ったわね。これ並んでるのかしら?(でもあの偏屈《へんくつ》おじさんが素直に仕事するかしら?)」

「さっきからまったく行列が減ってないぞ。出直すか」

「出直しても大して変わらないと思うけど……(なんですぐに帰ろうとするの!)」

「じゃあ、どこかで時間でも潰すか」

オレが本気で帰ろうとした時、鍛冶屋から冒険者が飛び出してきた。

「たかが鍛冶で銀貨二枚ってぼったくりだろ!」

「たかがだぁ⁉　その姿勢が気に入らねぇんだよ！　お前らなんぞに打つ武器はねぇ！（頑固な鍛冶屋その八！　半端《はんぱ》な客は怒鳴りつけて追い出せ！）」

「こ、こっちは客だぞ！（意味がわからん！）」

「なーにが、とにかく強い武器を打ってくれだ！　お前らなんぞには、その腰の鞘《さや》に収まってるナマクラすらもったいねぇ！（その剣を打ったのは誰だ！）」

「な、な、ナマクラだぁ⁉」

穏《おだ》やかじゃないな。これはもう日を改める他はない。

「お、ネリーシャにエフィ、ルオンか（頑固な鍛冶屋その九。気に入った客でも不愛想に反応しろ）」

「なんか機嫌が悪そうなんで帰ります」

「あぁコラ！　仕事の依頼ならとっとと言いやがれ！（頑固な鍛冶屋その五！　万が一、帰りそうになったら強気で引き止めろ！）」

「やっぱり機嫌悪そうなんで」

「……今、こいつらの仕事を済《す》ませるから待ってろ（頑固な鍛冶屋その十！　どうにもならなくなったらストレートに伝えろ！　頼むぅぅ！）」

ガントムさんが冒険者の武器を一つずつ、見ていく。

そこからは壮絶《そうぜつ》だった。まずこの鍛冶屋は基本的に高い。

最低でも銀貨一枚からが相場だから、払えない人も当然でてくる。

料金に悪態《あくたい》をついて帰っていく人。

経験が足りてないから武器以前の問題だと突き返される人。

将来性がないから田舎に帰って親孝行しろと説教された人。

このまま冒険者を続けたところで近いうちに死ぬとまで言い切られていた。

言葉は荒々しいけど、もしそれが本当ならその人のためなんじゃないかな？

オレは他人の生き方に口を出せるほど偉くないし、ナンセンスだと思ってる。

ただ命を大事にってのは紛《まぎ》れもない優しさだから、それ自体は否定しない。

冒険者もまさか鍛冶屋に説教されると思ってなかっただろうな。中には納得した様子で帰っていった人もいた。

武器を見ただけでそこまでわかるってことは、やっぱり何らかのスキルのおかげかもしれない。

そしてついに最後の三人になった。

「お前らはさっきの連中と違って見所はある。だが鍛冶屋【一鉄《いってつ》】の相場は銀貨一枚からなんだが、払えるか？」

「は、はぁ⁉　そんなもん無理に決まってんだろ！　ぼったくりじゃねえか！」

「……なんで俺が仕事と相手を選ぶのか、わかるか？」

「知るかよ！」

ガントムさんが語りだしそうな雰囲気《ふんいき》だよ。

これ聞かなきゃいけない流れ？

「昔、とある青年がいてな。そいつは病気がちの母親を救うために日夜、働いていたんだが治療費どころか生活費すらままならない。そこで何を思ったのか、冒険者になったんだ」

その青年は意外にも成果を上げて、瞬《また》く間に名を上げていく。

将来を有望視されていたし、母親とも面識があったガントムさんは青年に武器を作ってやった。

ガントムさんの武器を手にした青年はより成果を上げるようになり、騎士団からも声がかかるほどになった。

青年はガントムさんに感謝した。この武器のおかげで誰にも負けなくなった、と。

舞い上がった青年は分不相応《ぶんふそうおう》の魔物に挑《いど》んで、数日後に他の冒険者によって死体で発見された。

見るも無残《むざん》に食い散らかされて、ひどい有様《ありさま》だったとガントムさんは心の中で言っていた。

先回りして知ってしまったから、あとはガントムさんが語り終えるのを待つだけだ。

ネリーシャ、エフィ、冒険者達。皆、真剣に聞いている。

「……数日後に他の冒険者によって死体で発見された」

「そ、そんな……」

ようやく語りが終わった頃には、ネリーシャがかなり感情移入をしていた。

ガントムさんが何を言いたいかというと、自分の武器のせいで青年を死なせてしまったことを後悔しているということ。

うん。悲愴《ひそう》なエピソードだけど、その前提があってなんでオレに武器を作ったのか。これがわからない。

「それ以来、俺は人をよく見るようになった。いや、見えるようになっちまったと言ったほうが正しいか。お前ら三人はあの青年と同じように見える。今、自分達の力を過信してる。悪いことは言わねぇ。冒険者なんかやめて、他の仕事をして生きろ」

「ずいぶん言ってくれるな。オレ達がそいつと同じように死ぬとでも？」

「あぁ、そう言ってる」

「はっ！　オレ達をそんな無様《ぶざま》に殺されたザコと一緒にするなよ！」

「……あぁ？」

うわああ、すっごい！　よく今の話を聞いた後でそのセリフを言えるな！

さすがにオレでも引くわ！

「お前らは自分達がザコじゃねぇとでも言えるってのか。あぁ？」

「オレ達は三人でブラストベアを討伐した実績がある。風穴《ふうけつ》の虎《とら》って言えばわかるだろ？」

「風穴だか不潔《ふけつ》だか知らねぇが、ますます今のお前らに作る武器はねぇ！　とっとと消え失《う》せろ！」

「あんた、さっきからそこのガキどもを贔屓《ひいき》にしているけどよ！　あいつらがオレ達より強いってのか！」

なんでそこでオレにとばっちりが来る？　ガントムさん、無言のしたり顔で応えないでよ。

「そこのルオンはお前らより、よく考えている。ちっとばかし捻《ひね》くれてるけどな」

「さすがにガキ以下の扱いされて黙ってられねぇよ。おい、そこのガキ」

オレは黙って身を引いてからネリーシャを冒険者達に差し出した。

「あ？　いや、そこのクソみたいな兜《かぶと》を被《かぶ》ったガキ。お前だよ、お前」

「ガントムさん。ここはどうやらクソみたいな兜を被った冒険者の霊が出るみたいだよ」

「東通りの路地裏に全裸兜の冒険者の霊が出るって噂《うわさ》なら聞いてるがな」

いや、そんな新情報はいらない。

「お前だよ、お前。舐《な》めてんのか、コラ」

「やめてください。人を呼びますよ」

「ふざけたガキだな。さっきから納得いかねぇからお前、オレ達と勝負しろ」

「それが人にものを頼む態度ですか」

風穴の方々が青筋を立ててておキレになられている。

普通に考えて、なんでオレにメリットがないのにそんなもん受けなきゃいけないいんだ。

まともな教育を受けていればわかるだろうに。オレは受けてないけど。

「ルオン。あいつらと戦って勝ったら無料にしてやるって言ったらやるか？」

「え？　じゃあ、やるよ。無料にしてくれるならやる」

「話が早いな。断ると思ったんだが……」

そりゃオレだってもう一度ネリーシャと戦えって言われたら断るよ。

でもこの風穴の三人はオレより弱い。呼吸音や心音、所作で発生する風の音でわかる。まったく怖くない。

「よし。じゃあオレ達が勝ったら、こっちの鍛冶代を無料にしろ」

「あぁ、それでいい」

ここの鍛冶代が無料になるのはかなり大きい。

冒険者の仕事で換算すれば何日分、儲《もう》かったことになるんだろうか。

お金をガツガツ稼《かせ》ぐ必要はないと思ってるけど、生活する上では切っても切り離せないからな。

それに今のオレはお金がないと生きられない。

何があるかわからない以上は、節約できるうちにしておいたほうがいいと思った。

ましてや相手が今のオレより弱いんだからな。

「ル、ルオン君。平気なの？」

「エフィ、問題ない。オレは勝てる戦いしかしないからな」

「かっこ悪い」

「格好だけで生きていけるほどオレは強くない」

強者との戦いだの上を目指すだの、そういうのはどこかの幼馴染《おさななじみ》が担当している。

オレは楽しく過ごせる人生担当だ。

勝てるケンカ、上等。さぁかかってこい。

＊＊＊＊

場所は冒険者ギルドの訓練場だ。

ガントムさんが腕を組んで見守ってくれている。

ネリーシャとエフィは行儀よくベンチに座って、観客としてのポジションを確保していた。

他の冒険者達も野次馬感覚で集まっているな。

オレはというと、風穴の虎の三人と対峙《たいじ》している。普通ならこんな勝負は絶対受けないけど、勝てるケンカなら話は別だ。

ガントムさんに聞いたところ、鍛冶代は銀貨一枚とのこと。つまり勝てば銀貨一枚分、儲かるわけだ。

悪いけどこっちは生活がかかっている。

「おい、勝負ってまさかお前一人で俺達の相手をする気か？（クソガキが……）」

「そうだよ。そのほうが力関係が明確になるからな」

相手の本気を挫《くじ》いてやれば、変に復讐《ふくしゅう》されることもないだろう。

「お前、冒険者になったのはつい最近だよな。一応、心配してやるが怪我《けが》どころじゃすまんぞ？（大怪我よ、大怪我。二度と剣を握れない体になるかもな）」

「あぁ、お互い恨《うら》みっこなしでやろう」

きっかけはガントムさんだけど、オレがケンカを売ったようなものだ。

すまない。オレとしても極力トラブルは避けたい。だけど鍛冶代無料には抗《あらが》えなかった。

さぁやるぞと意気込んだ時だ。ふと視界の端《はし》に見慣れない中年の男と女の子が見えた。

いつの間に？

紳士《しんし》風のスーツを着込んだ上品そうな人だ。あれ、誰だ？　心の声も聞こえてこないな。

女の子のほうは黒装束に身を包んでいて、ただならぬ雰囲気だ。

たぶん強いぞ。なんだ、あれ？　ネリーシャ達は気づいていないみたいだ。

「ガキ一人をヘコませるだけで鍛冶代が無料なんてついてるな」

「あぁ、何の箔《はく》にもならんけど軽い運動だと思って気楽にやろうぜ」

「偏屈な鍛冶師とバカなガキで助かったぜ」

これから戦うってのにヘラヘラと笑ってずいぶんと余裕だな。

こういうところも含めて大したことないんだろう。

ネリーシャもオレ相手に油断したとはいえ、しっかりと圧を感じたからな。

「じゃあ、いくぜ！　お前ら、囲め！」

「おう！」

「あぁ！」

三人が三方向に散った。一対多数の場合、これをやられるとオレに逃げ場がなくなる。

三方向から一気に攻めて終わらせる気か。

オレは蛇腹剣《じゃばらけん》を三人の足元にぶつけた。

「うぉっ！」

三人同時にバランスを崩した。

訓練場の床の破片《はへん》が散った際にオレはそれを取る。

蛇腹剣を三人を斬りつけるように水平に振るった。

「な、なんだこれ！」

「うあぁっ！」

「ちっ！　舐めるな！」

全員が剣で防いで、一人だけ体勢を立て直す。だけどそこで蛇腹剣は終わらない。

蛇《へび》みたいにうねった刃《やいば》が続け様に三人を攻め立てる。

高速の連撃を浴《あ》びるように受けて、三人は蛇腹剣を防ぐので精いっぱいだった。

ネリーシャ達や刃速の巨王蛇と比べたら、この三人の音は単調で迫力がない。

攻撃の軌道がガバガバだし、隙《すき》だらけの箇所が常にいくつかある。

「引くぞ！」

一人の指示で三人が引いた。

それから更にオレの周囲を走り出したと思ったら、それぞれ間隔《かんかく》をあけて迫ってきた。

時間差攻撃か。一人が一気に距離を詰めてくる。

「調子に乗ってんじゃねぇぞ！」

「ぺっ！」

「いぎっ⁉」

接近してきた一人の目に唾《つば》を吐きかけた。

怯《ひる》んだそいつに思いっきり蹴りを入れてから、残り二人に蛇腹剣を放つ。

「ぎゃあッ！」

「う、腕が……！」

蛇腹剣は普通の剣とは違ったダメージを与えられる。

傷口に数回ヒットしてしまえば、痛みも尋常じゃないはずだ。

一人が痛みで悶《もだ》えて戦闘不能、蹴りを入れた一人が復活してまた迫る。

オレは蛇腹剣でまた床を打った。床の破片がちょうど二人の目にヒットする。

「いぎゃあぁぁ！」

「あぐぐ……！　さ、さっきから汚ねぇぞ！　このガキがッ！」

「三人もいて何を言ってんだよ」

三人相手だからオレも手段を選ばない、というわけじゃない。

常にやれることをやっているだけだ。

迫っていた二人を蛇腹剣で死なない程度になでつけた。

二人の体に細かい無数の傷が一瞬でできあがる。

「う、い、いてぇ……（戦うんじゃなかった、痛い、苦しい……）」

「も、もう、勘弁《かんべん》してくれ……（助けてくれぇ、田舎に帰りたい）」

痛みで心が折れたみたいだ。これはオレの勝ちってことでいいのかな？

蛇腹剣で斬られた時の痛みは尋常じゃないらしい。

ところが遠くで腕を痛めていた一人が、道具袋から何かを取り出そうとしている。

オレはそいつに向けて、予《あらかじ》め握りしめておいた床の破片を投げつけた。

「づあぁッ！」

「降参するか？」

「す、するわけねぇだろッ！」

いきり立って男が突きを繰り出す。蛇腹剣を少し揺らして、オレはその剣を弾《はじ》いた。

そしてマウントポジションをとってひたすら殴る。

それから蛇腹剣を頭すれすれの床に叩《たた》きつけた。

「これ以上続けるなら殺すけど、やるか？　あんたも殺しにかかってきたんだから恨みっこなしな」

「や、やめてくれ……わかった、負けを認める（なんだ、こいつ……こ、殺される……）」

オレは男から離れてガントムさんのところへ行く。ガントムさんは無言で頷《うなず》いた。

「悪かったな、ルオン。俺の気まぐれに付き合わせてよ」

「鍛冶代無料がかかってるからな」

「約束通り、無料で強化してやる。何よりその蛇腹剣の動きを生で見られてよかった」

「まさかそれが目的じゃないよな？」

「俺を誰だと思ってやがる（バレたか）」

いや、わかってるんだろみたいなノリで言われても。

観客席がざわついてるけど、たぶんオレの悪口でも言ってるんだろうな。


（あの武器、何なんだよ）

（見てるだけでなにかが縮《ちぢ》む……）

（まるですべてを読んでいるかのように動きやがる。あんなのどう対応しろってんだ？）

（風穴の虎が三人がかりで手も足も出ないって……）

「お前らにも武器を作ってやる（その気はなかったんだがな）」

ガントムさんが項垂《うなだ》れている風穴の虎の三人のところへ向かっていく。

蛇腹剣の印象が強すぎて、唾吐きや投石はどうでもよくなっているみたいだ。


「……本当か？」

ガントムさんが意外なことを言い出した。

ちょっとそれじゃ話が違うよと思ったけど、オレに損《そん》があるわけじゃないから別にいいか。

「伸びきった鼻《はな》っ柱《ぱしら》は折れただろ？　お前らの武器の消耗《しょうもう》具合を見れば、てめぇの力を過信していることがよくわかった。戦いってのはこういうこともある。てめぇより弱そうな相手に負けることだってあるだろうよ。その度に落ち込んでちゃ生き残れねぇ」

「まさかそれを教えるために？」

「まぁな（さすがにフォローしないとかわいそうになってきたから、なんて言えねーわ）」

「……少し時間をくれ」

（頑固な鍛冶屋その十一、最後にはそれっぽいことを言って認めてやる）

これで威厳《いげん》たっぷりな鍛冶屋になるんだもんな。

ふとさっきの中年男と女の子のほうを見ると、いつの間にかいなくなっていた。

＊＊＊＊

オレが命がけの戦いに勝利したことによって、ガントムさんに無料で武器を鍛《きた》えてもらえることになった。

刃速の巨王蛇から採取できた刃を使うことによって、蛇腹剣を強化することができる。

いい冒険者は相応の武器を持つものだと聞いたけど、果たしてこれがオレに相応《ふさわ》しいのだろうか？

あんなもんオレ一人じゃ絶対に討伐できなかったから、長い人生の中で拾えるラッキーの一つかもしれない。

そして、そのラッキーを拾ったのはオレだけじゃなかった。

「風穴のなんとか、お前らの武器も作ってやった。お前らは武器が合ってなかったんだよ（ルオンのおかげで知ることができたんだけどな。頑固な鍛冶屋その十二。都合が悪いことは語らない）」

「ありがてぇ……」

「ルオンに感謝しろよ。あいつがその気になったらお前ら、死んでいたんだぞ」

「オレ達があんなルーキーに……ん？　あの耳兜はまさか？（冒険者ギルドで噂になっている奴《やつ》じゃ？）」

まさかも何もない。受付嬢をやめさせたのがそんなに偉大な功績なのか？

いや、普通に考えて刃速の巨王蛇討伐の噂だろう。

猛者《もさ》の中に一人だけ耳兜がいたら目立つに決まっている。

だとしたら今の段階で気づかれるのは遅すぎると思うけど。

「お前、もしかして刃速の巨王蛇を討伐した耳兜じゃないか？　だとしたら、オレ達が負けたのも納得できる」

「人違いだよ」

「刃速の巨王蛇を討伐した上にオレ達三人がかりでも敵《かな》わない冒険者……間違いない。こんなに子どもだったのか……。ますますヘコむわ」

「人違いだから落ち込まないでくれ」

純粋に剣の勝負をしたら、あなた達のほうが強いよ。

そうフォローしようかと思ったけど、そんな義理もないからやめた。

負けるたびにいちいち落ち込んでいたら人生やっていけない。

大切なのは人生を楽しむこと。なんて言ったらラークあたりはぶちぎれるかもしれない。

「ルオン、蛇腹剣の切れ味は更に増したはずだ」

「ありがとう、ガントムさん。こいつ、使いやすくて気に入ってるよ」

「それはよかった。しかしお前、これから先はどうするつもりだ？　冒険者として生きるのか？」

「冒険者でも何でもやって、なるべく人生を楽しむよ」

最終的な目標を考えれば、どこか自然の中で暮らそうかと考えている。

だから実はオレにはそこまでお金が必要なかったりする。

あくまで最終的な目標だから、力をつけるためにはお金が必要になると思う。

こんな感じだから、身《み》を粉《こ》にして稼ごうって意識があまりない。

それでも今回の鍛冶代無料はありがたかったけどな。

「お前がその気になれば、どこに行ってもやっていけるだろうな（だがどこか危なっかしいというか……自覚なくやらかすタイプだな）」

「今はひとまず王都を目指そうかと思ってます」

「それはいい。この町にはない大きな仕事もあるだろう。が……いや。なんでもない（こいつは良くも悪くも目立っちまうだろうなぁ。人生を楽しむ余裕があるかどうか）」

ヘッドホンがなかったら、言いかけてやめないでくださいと突っ込んだ場面だ。

目立とうが目立たなかろうが、オレは方針を変えない。

周囲を気にしすぎることほど人生においてバカらしいことはないと思っている。

自分が楽しめたり正しいと思えば、周りなんか関係ない。

だって自分の人生だから。行き過《い　す》ぎると今頃、村で飲んだくれてる奴みたいになるけど。

＊＊＊＊

ネリーシャのアドバイス通り、オレは今日もそこそこの宿に泊まっている。

こうしてくつろいでみれば確かに快適だ。

村の家の薄壁は隙間風《すきまかぜ》がひどかったし、親父が酔《よ》っぱらってぶっ壊すもんだから修理が面倒だった。

この部屋は風どころか、ヘッドホンさえなければ外の音さえ聞こえない。

そう、ヘッドホンさえなければ。

「誰ですか？　暗殺者じゃなければどうぞ」

「……だったら入らせてもらおうかな（おやおや、気配を消したはずなのだがね）」

静かにドアを開けて入ってきたのは訓練場にいた紳士と黒装束の女の子だ。

うわっ、暗殺者っぽい。約束を破らないでくれ。

しかもなんだこれ。

昼間は気にする余裕があまりなかったけどこの紳士のおっさん、クソ強い。

ネリーシャよりもグラントさん達よりも、刃速の巨王蛇よりも。

隣の女の子はおっさんよりマシだけど、ガチでやって勝てるかどうか。

「自己紹介をさせていただこう。私はエルドア、爵位《しゃくい》は公爵だ。こちらの子は私の専属護衛、シカ。年齢は君と同じくらいなので仲良くしてやってほしい」

「はぁ……」

うん、オレも自己紹介をすべきなんだろう。でもさ、いきなりやってきたのが王族とかさ。ド平民のオレにどう対応しろと？　これって下手なこと言ったら不敬罪とかになるんだよね？

待て待て待て、どうしてこうなった？

こうやって気を使うのが嫌だから、オレは権力者から遠ざかった人生を送りたいんだ。

「この町には所用で来ていたのだがね。何やら面白い冒険者がいると聞いた。それが君だとわかって、こうやって会いに来たというわけだ（近くで見れば本当に子どもだ）」

「昼間、訓練場にいましたよね？」

「たまたま鍛冶屋で揉《も》め事《ごと》が起こっているのを見てね。面白そうなのでつい見にいってしまったよ（やはり気づいていたか）」

「それはよかったですね」

心の声も無難なものばかりだ。

これから休もうと思っていた時にとんでもないのが来たな。

王族じゃなかったら追い返していたけど、さすがのオレもリスクというものは知っている。

ここはおとなしく話を聞こう。それより。それより、だ。

（エルドア様がなんでこんな奴に……腹立つ）

隣にいる女子が殺気立っているから、なんとかしてもらえないか？

なんでも何も、こっちのセリフだよ。エルドア様、護衛の躾《しつけ》くらい頼みますよ。

ていうかあんたの強さで護衛なんかいらんだろ。何考えてんだ。

「君の戦い、見せてもらった。とてもずる賢くて陰湿《いんしつ》、見ている人間を不快にさせる戦いだった（だが、それがいい）」

「ありがとうございます」

「怒らないのかね？（ふむ、思ったより冷静だな）」

「自分の利益や命より他人の目を優先する必要はないと思ってます」

オレがそう答えると紳士はクックッと笑い出した。

オレを評価してくれているのに、わざと怒らせるような言い方をしているのは心の声がなくてもわかる。

というか、その程度で怒るくらいならあんな戦い方はしてない。

「いやぁ面白い。君をぜひ我が部隊に迎えたい」

いきなりぶっこんできたな。それが目的だから訪ねてきたんだろうけどさ。

＊＊＊＊

エルドア公爵。国王の末弟にして王国軍事機関の一つである『ヒドラ』の総司令。

ヒドラは王国騎士団とは独立した治安維持部隊らしい。

裏の王国騎士団とも言われていて、その戦力だけで他国からも恐れられていると聞いた。

というのがヒドラに対する一般的な知識だ。オレが村にいた時に聞いたことがある。

裏では諜報《ちょうほう》や暗殺を行っており、王国に仇成《あだな》す者はほぼすべてヒドラによって消されている。

別名、特殺隊。その名で呼ぶ人も少なくないそうだ。

親父もヒドラの話はよくしていたな。

あの戦争を終わらせたのがヒドラだとか、奴隷《どれい》解放宣言がされた時はヒドラが暗躍していたとか。

その際に解放された女の奴隷を抱き込んでいるから、ヒドラは女に困ってないだの言いたい放題だった。

そのうち消されてしまえばいいのに。

「そのヒドラがわざわざオレを誘うんですか？　何かの冗談では？」

「冗談でわざわざ訪ねたりしないよ。私は一目で君が気に入った（さて、難しそうだが勧誘できるかな？）」

うん、冗談じゃなくて本気みたいだ。百歩譲って耳兜に興味を持つのはわかる。

オレだってこんなもんつけて歩いてる奴がいたら、頭がどうかしてるのかと思うよ。

だけどわざわざ鍛冶屋の揉め事を見た後で訓練場にまで足を運ぶほど暇《ひま》じゃないだろう。

単純に考えればヒドラが実は人材不足とか？

（こいつ、エルドア様から勧誘していただいておいて冗談だなんて！）

うん、こういう獰猛《どうもう》な護衛の女の子がいる時点でその線は考えられる。

初対面の人間にこうも憎悪を抱けるなんて、まともじゃない。

エルドア公爵も、こういう人材を切りたくてしょうがないのかな？

「じゃあ、本気ということですけどお断りします」

「決断が早いね（やっぱり手強《てごわ》そうだな）」

「自分の人生は自分で決めますし、何よりどこかに所属して縛られるみたいな生き方は嫌なんです」

「しっかりしているね（なるほど、そういうタイプか）」

そういうタイプか、じゃないんだって。

オレみたいなのも想定済みだなんて、しっかり年季《ねんき》入ってるじゃん。

冒険者をしていたらヒドラから勧誘されるなんて、耳兜だって予想してないよ。こりゃ参《まい》ったな。

ヒドラおじさん、じゃなくてエルドア公爵がガチでオレを勧誘しようとしてるなら逃げ切るのは難しいかもしれない。

「特に出世みたいなのには興味ないんです。オレはできるだけストレスなく楽しく過ごしたいんですよ」

「貴様ッ！　さっきから無礼だぞ！」

「ちょっとエルドア公爵。この子、さっきからずっと睨《にら》んでくる上についに怒り出したんですけど……」

「エルドア様！　このような無礼な奴などヒドラには必要ありません！」

護衛が反対してるじゃん。

こういうのって普通は二人して意識や意見をすり合わせておくものじゃないのか？

元々勧誘を受けるつもりはないし、ましてや組織の人間からここまで嫌われているなら尚更《なおさら》だ。

気が合わない人間と関わりながら生きていくことほどバカらしいことはない。

「シカ。私は彼の気質が気に入ったのだよ。仲良くできないなら、それでいい（やはりまだ未熟だな）」

「お言葉ですが、エルドア様。こういう奴は組織の和を乱します。集団で行動するのに向いてません」

よくわかってるじゃん。

組織に所属するということは組織の一部になれということだ。

組織の理念に共感して、組織の決まり事を守らなきゃいけない。

自分は二の次だ。自分を優先する奴なんてどの組織も欲しがらない。

つまりオレみたいなのは頼まれても、どこの組織だって受け入れてくれないはずだ。

「ルオン君。勧誘は一度、諦《あきら》めよう。しかしヒドラ自体は君にとっても有益だ。そう、私から君に依頼しようか（相手にとってもっともメリットがある提案をする。この手の人間はまずこれで手を打つのが定石だ）」

「オレに依頼ですか？」

「ルオン君、君にヒドラで戦闘訓練を受けてもらいたい（まぁ断るだろうな）」

「お断りします。それって組織に所属するのと変わりませんよね？」

断られるとわかっていてこんな依頼をしてきたのか。じゃあ、次の手も考えてあるな。

「私が報酬《ほうしゅう》を支払って君に訓練をしてもらうのだよ。君が報酬を支払うのではない。これはいわゆる君への投資だよ」

「……意図を教えてもらえますか？」

「君という人間に興味を持った。恥も外聞もなく、あらゆる手段で戦う君にね。君のような強い人間が私は大好きなのだ（このルオンはこれからの時代に必要なものを兼《か》ね備《そな》えている。だったら模範となってもらうのも悪くない)」

「オレは弱いですよ。だから恥も外聞もないんです」

「君はこれから先、この世界がどうなると思う?」

いきなり質問のスケールが大きくなってさすがに戸惑《とまど》う。どうなってもいいように、オレは生きるだけだ。

「今の文明のまま栄《さか》えるかもしれないし、発展するかもしれない。衰退《すいたい》、もしくは滅亡するかもしれない。例えば食糧危機になったとしたら、多くの人々はどうなると思う?」

「困りますね。特に大きな町で文明に頼っている人達は阿鼻叫喚《あびきょうかん》だと思いますよ。奪い合い、物乞《ものご》いが大発生します」

「そうなるだろうね。まぁ一部の既得権益者《きとくけんえきしゃ》は儲けられるだろうが……。でもルオン君、君ならそんな状況でもおそらく生きられるだろう」

「どうでしょう。確かにそうなった時のために、色々と知恵と技を磨《みが》いてますけどね」

「そうだろう。私はそれこそが今の人々に必要だと思っている」

このエルドア公爵、やばいな。

オレのことを最初から見透《みす》かしていて、うまく誘導された気がする。

「だから私は冒険者の生き方は理にかなっていると思う。彼らは劣悪な環境でも、ある程度は生きられるのだからね(今は比較的、平穏な時代だ。だがいつどうなるかわからんからな)」

「確かに野営なんかはまさにそれですね。食べるものは狩りをして調達できます」

「君は理想の人間だよ。褒《ほ》めて持ち上げているわけじゃないが、そんな君に少しでもヒドラの技を授《さず》けてみたい（この子がどこまで強くなるのか、単純に知りたいだけでもあるがな）」

「そういうのって秘密じゃ？　オレ、口封じされません？」

「さすがのヒドラも、とって食いはしないさ（ヒドラ＝暗殺というイメージが根強いな。そこまで間違ってもいないが……）」

要するにオレが生きて歩くことで、オレを見習う人が一人でも増えればいいってことか？

心の声を聞く限り、変な下心はないように思える。オレの理想の人生はストレスなく静かに暮らすことだ。

この依頼はたぶんだけど一筋縄じゃいかない。ハッキリ言って断りたい。

だけど今のオレに理想を語れるほどの実力があるか？　刃速の巨王蛇で思い知っただろう？

今のオレはあまりに弱い。もう少しだけ強くなってみる必要があると感じた。

貴族様なんかとは死ぬほど関わりたくないけど、少しだけ歩み寄ってみよう。

「報酬額はいくらですか？」

「一日で銅貨二百枚。最大半年で銀貨五十枚を支払おう（一日でも耐えられるか見物ではあるな）」

「……さすがにおいしすぎません？」

「君がいくのはヒドラの腹の中だ（消化される前に救出してやるがね）」

はぁ、そりゃあのヒドラでの訓練なんだから並大抵じゃないか。

ストレスを抱えるのは嫌だけど、得られるものがあるかもしれない。

エルドア公爵が言うように、これから先は必要とされる技術が多くなるかもしれない。

魔物なんてものがいるご時世だ。理想の暮らしを実現するには必要かもしれないな。

いざとなったらギブアップすればいい。

「わかりました。引き受けます」

「ありがとう。では急で申し訳ないが明日、出発でいいかな？」

「本当に急ですね」

「魔道馬車はこちらで用意しよう（おそらく見たことないだろう。驚くぞー）」

「まどーばしゃ？」

王都までの旅の費用なんかは負担してくれるというから助かる。

翌日、魔道馬車とかいうのを見てオレはさすがに驚愕《きょうがく》した。

閑話一　ラークの憂鬱

「あいつ、ムカつくんだよ」

俺、ラークは王都に来てから度々《たびたび》サナと会って話をしていた。場所は王都の飲食店。

俺は会う気はなかったんだが、最近はこいつからのアプローチが激しい。

断ろうかと思うが一応、同郷の人間だ。無下にするのも気が引けて結局、こうして食事をしている。

俺はエクスカリバーの有用性を認められて王国騎士団入りした。

この歳《とし》で王様と謁見《えっけん》したんだから、さすがの俺も緊張したさ。

王様なんて話の中でしか知らなかったけど、いざ会ってみるとオーラというか圧が凄《すさ》まじい。

考えていた言葉がまったく出てこなくて、王様の言葉にひたすら返事をするしかなかった。

よく覚えてないが、とにかく褒《ほ》められた気がする。

その点、サナは優秀だった。王様相手に物怖《ものお》じしないどころか、自分をこれでもかってくらいアピールしたんだからな。

何せ王様の隣には王子達がいたんだから、そりゃ張り切るか。

可憐《かれん》な子だね、なんてお世辞《せじ》で舞い上がってんだからなんだかんだでまだガキだよ。

そのサナは騎士団の後方支援部隊の衛生班に配属された。

後方支援部隊は救護や伝令、補給物資の運搬《うんぱん》などを行うところらしい。

「またルオンのこと？　会うたびに同じこと言ってるわね」

「今頃どうしてるのかと思ってな。あの下品な父親と一緒に畑でも耕《たがや》してるのかな」

「さぁ？　もうどうでもよくない？」

「お前はお前でわかりやすいな」

村を出てから、サナはすっかりルオンに興味をなくしたみたいだ。

ドリンクの氷をつまらなそうにつっついて、今も話半分で聞いている。

「だって神器《じんぎ》がヘッドホンでしょ？　ひどすぎるわよ」

「神器一つですべてが決まるわけじゃないだろ。あいつなら鼻でメシを食うスキルだったとしてもうまく生きるぞ」

「そうだけど、私とラークはこうして騎士団入りしたじゃない」

「騎士団入りしたからすべてがうまくいくわけじゃない。正直な、訓練がめちゃきついんだよ……」

そう、浮かれていたのも最初だけだ。

訓練がある日は早朝から日が落ちるまで、ほとんど体を休ませる暇《ひま》がない。

エクスカリバーがあるからといって、騎士団の先輩達は俺を特別扱いしなかった。

体力トレーニングだけでも吐きそうになるし、昼食が喉《のど》を通らない。

かといって食わなかったら午後からの訓練でもたないんだ。

エクスカリバーの使用を禁じられた上でひたすら模擬戦をするんだけど、もうボッコボコよ。

村ではバンさんに褒められて、ルオンを圧倒していた俺が倒れるたびに罵声《ばせい》を浴びせられるんだからな。

どいつもこいつも俺なんかより遥《はる》かに強い。

特に俺が配属された部隊の隊長は尋常じゃない強さだ。

「ちょっと村に帰りたくなっちまったよ……」

「あら、情けないわね。私だって隊長のお局《つぼね》みたいなババアにいびられるけど、怒鳴っていつもケンカしてるわよ」

「お前、強すぎだろ。ていうかババアとかいるのかよ」

「旦那が騎士団の部隊長とか言ってたわね。確かビルクとかいう名前だったかな？」

「俺の部隊長じゃん」

サナがこんなに気が強い女だとは思わなかった。

逆にルオンは興味をなくされて助かったかもな。

そのかわりに俺にすり寄られている感は否めないが。

「私はあんなババアにいびられて終わるつもりはないわ。自分のスキルが【気つけ】だからって調子に乗ってるのよ」

「なんだよ、そりゃ」

「意識を失った人の目を覚まさせるスキルらしいわ。これで何人も戦線に復帰させたと自慢してるのよ」

「すげぇスキルだな。そりゃ偉そうにするわ」

ババアにいびられるなんて俺ならごめんだ。

とはいえ、さすがに俺もここ最近はマジできつい。

「私もババアに負けないようにがんばるからさ。ラーク、あんたもがんばりなさいよ」

「言われなくてもそうするつもりだ」

「私、あんたを応援してるんだからね」

「……そうか」

ついこの前までルオンにべったりだった奴《やつ》の言葉とは思えないな。

こいつだってそのつもりだっただろうに、この手の平返しはさすがに引く。

それにあまりあいつを悪く言われると、むかっ腹が立つ。

「お前、ルオンのことはもういいのかよ」

「ヘッドホンだからね。将来性もないし、今ならあんたのほうが私の結婚相手に相応《ふさわ》しいわ」

「ハッ、おめでたいな」

「なによ？」

俺も疲れてるんだろうな。こいつに当たり散らしても意味なんかないのに。いや、それでも。

村にいた時は感じる機会がなかったけど、こうも俺以外の奴にルオンを悪く言われてムカつくとは思わなかった。

何よりあのヘッドホンを授《さず》かってしまったのはあいつのせいじゃない。

「お前、あいつのこと何も知らないんだな」

「冴《さ》えない顔をしてあんたより弱くていつもいじめられていたルオンでしょ？」

「俺はそのルオンに負けたんだけどな」

「あんなの負けたうちに入らないわよ！　悔しいからって最後にあんな卑怯《ひきょう》な手を使ってきたのよ！」

「違うな。あれがあいつの本気さ」

やられた時はムカついたさ。

でも憤慨《ふんがい》する俺のところにバンさんがやってきて話をしてくれた。

ルオンは剣の上達だとか、そんなところを見据《みす》えていない。

生きられるかどうかでしか考えていない。

訓練の模擬戦だって負けても命をとられるわけじゃない。

だからあくまで剣術の範囲で戦っていただけだってな。

「あいつは利がない戦いに興味がないのさ。もっと言えば、生き残るなら手段なんかなんでもいいと思っている」

「そ、それは言い訳よ。だったらなんで毎回、あいつはあんたとの模擬戦で負けていたのよ」

「模擬戦で勝っても何の意味もないからな。それにあんなやり方、さすがに二回目は通用しない。だからいざという時のためにとっておいたんだろう」

「じゃあ、なんで最後はあんなやり方……」

「極論だが、あいつが俺を殺すだけならいくらでも手段はあるってことさ。それを教えてくれたんだよ」

それだけにやっぱりムカつくけどな。あいつはその気になれば、なんだってやる。

地位や肩書きなんて必要がない場所で生きていける。俺は最初からあいつに負けていたんだ。

それくらいの実力があるのに、あいつには何の夢もない。

だからムカつくんだよ。

「ふ、ふん！　やっぱりあんな奴、振《ふ》って正解だったわ！」

「振っても何もお前、あいつに告白してないだろ」

「でもルオンはきっと私のことが好きだったと思うわ」

「ぷっ……」

「なに？　さっきから腹立つんだけど？」

それは俺のセリフだ。貴重な休日になんでこんなやり取りをしなきゃいけない。

挙句《あげく》の果《は》てに俺と結婚するだと？　舐《な》めるのも大概にしろ。

「お前、俺がルオンに絡んでる時にさ。いっつもあいつを庇《かば》ったよな」

「それがなによ？　あなたが弱い者いじめをしてるんだから庇うでしょ」

「あいつがお前に『ありがとう』と一度でも言ったか？」

「そ、それは……」

サナは口を噤《つぐ》んだ。やっと気づいたか。

「俺達が村を出る時あいつ、お前にだけ『元気でな』としか言わなかっただろ？　あいつなりのメッセージだよ」

「ル、ルオンのくせに！　会ったら引っぱたいてやる！」

「これ以上、俺の前であいつを侮辱《ぶじょく》するな」

「なっ……！」

「ここのメシ代は俺が払っておく。じゃあな」

俺は席を立って会計を済《す》ませに行く。サナは何も言えずに顔を真《ま》っ赤《か》にしていた。

「もしあのヘッドホンがとんでもないものだったら、あいつは化け物になるかもな」

俺はそう言い残して店を出た。

第五章　ヒドラの胃袋で溶かされないように

エルドア公爵《こうしゃく》が言っていた魔道馬車なるものが町の北に待機していた。

民家一つ分くらいの四角い建物に車輪がついていて、外装が金属でめちゃくちゃ頑丈《がんじょう》そう。

そんな重そうなものを引いているのはグレイトホースという二頭の馬だ。

通常の馬の数倍ほど大きい。

「驚いたかね？　グレイトホースは見た目に反して温和《おんわ》な魔物だが、怒らせると手がつけられない。そこだけ注意だね（驚いてる、驚いてる）」

「その辺の魔物なら相手にならなそうですね」

「本気になれば刃速《じんそく》の巨王蛇《きょおうへび》にも勝てるだろうね。ただ自分から戦いを挑《いど》むことはほとんどない（魔物討伐《とうばつ》に向かないのが惜しい）」

「でかい建物を引いてますね。あの中には何が？」

「じゃあ、お友達と一緒に招待しよう」

お友達。そう、オレの傍《かたわ》らにはネリーシャとエフィがいる。

この二人も王都に向かうついでに乗せてくれるそうだ。

「ねーねー！　あの馬には乗れないの？」

「乗ってどうするんだよ」

「風になる？」

「そうか」

あれに乗ったら風どころか突風になってしまうだろうな。

何せこんなに大きい建物を引くくらいの怪物だ。

魔道馬車から階段が出てきて、オレ達は中に入る。

実際に内装を見ると、思った以上に居住性が高くて驚いた。

リビングだけでオレの家より広く、ふかふかの絨毯《じゅうたん》が敷かれソファーが置いてある。

他にもほぼベッドしかないけど小さい部屋がいくつもあり、キッチンや風呂も完備ときた。

この魔道馬車は魔石を利用した魔道技術が使われている。

魔道エンジンで馬車全体の推進力を上げて、グレイトホースに補助してもらっているとのこと。

キッチン、風呂の水回りや火元も魔道具で動いている。

「こ、これはさすがエルドア公爵といったところね……」

「オレの村じゃ考えられないな。王都の民家では標準装備らしいけど、それを移動時にも使えるようにしているとはね」

「私が住んでいた町は井戸から水を汲《く》み上《あ》げていたわ」

「そうそう、オレの村でも水汲みがだるくてな」

ただ水汲みをさぼると、親父がいつまでも風呂に入らないからやらないわけにはいかなかった。

この魔道馬車こそが貴族様の力だ。

これを見て、この世は金と権力だよなぁと思う人が出てくるだろうな。

確かにこんな便利なものに囲まれて生活していたら、もう二度と不便な生活には戻れなそうだ。

動力源となる魔石が発掘《はっくつ》されなくなったら？　食糧危機に陥《おちい》ったら？

そうなった時に生きられるかどうか。エルドア公爵はそういうことを言っていた。

「ね！　ね！　これどうやって動かすの？」

「では運転席に案内しよう」

偉い公爵様にタメ口で話しかけている命知らずがいるんだが。さすがに俺も敬語くらいは使うぞ。

運転席を見ると、一人の男が頑丈そうな紐《ひも》を手に持って挨拶《あいさつ》をしてきた。

「これはこれは。私は御者のライドです。短い旅ですが、よろしくお願いします」

ライドさんによれば、ここから王都までは二日ほどかかるらしい。

歩いていけば一週間近くはかかるというのだから、魔道馬車の利便性がよくわかる。

「ではルオン君。私は少し雑務があるから自室に失礼するよ。何かあれば遠慮なく声をかけてほしい」

「わかりました。少しここで休ませてもらいます」

エルドア公爵は自分の部屋に戻っていった。

ネリーシャも部屋で休むといっていなくなったし、エフィはライドさんの隣でワクワクしている。

で、この場に残されたのは俺とエルドア公爵の護衛であるシカだ。

あの、護衛はいいんでしょうか？

「……すごい馬車だな」

（妙な動きをしたら殺す）

あのな。心の声じゃ普通は誰にも届かんのよ、シカ。

いや、口に出すような内容でもないけどさ。

「エルドア公爵の護衛をしなくていいのか？」

（張り付くだけが護衛だとでも？　浅はかだな）

オレじゃなかったらこれ会話になってないぞ。

ひたすら対面のソファーに座ってオレを睨《にら》み続けてるだけなんだからな。

エルドア公爵はオレとこいつは歳《とし》が近いから仲良くできるとか寝言ほざいてたけど、無理に話す必要あるか？

嫌いなら嫌いでオレは一向に構わないんだけど。もういいよ。オレも部屋に戻ろう。

「逃げるのか？」

「はい？」

「私に臆《おく》した。だから貴様はこの場から逃げようとしている」

「なんて？」

ちょっと何を言ってるかわからない。

「取り繕《つくろ》うな。貴様は私と対峙《たいじ》するのがつらくなった」

「そうだよ。なんで意味不明に睨んでくる奴《やつ》と一緒にいなきゃいけないんだよ」

「ハッ、その程度か。エルドア様もこんな奴のどこを気に入ったのか」

「それ散々説明してたよね？」

この子、アホの子かな？　でもシカは本気で勝《か》ち誇《ほこ》っている。

敬愛するエルドア公爵が一生懸命説明していたのに、聞いてなかった？　それもう不敬だろ。

「私には理解できない。あのお方が貴様のようなだらしなさそうな奴に興味を抱くはずがない」

「でも実際に興味を抱いてるんだから、それが現実だろ。お前、そのうち不敬罪に問われるぞ」

「ふ、不敬だと？（こ、こいつめ！）」

「そうだろ。お前さ、エルドア公爵の前でまた同じことを言ってみろよ。愛想《あいそ》をつかされるかもしれないぞ」

「そ、そ、そんな、そんなこちょはない！（やだ！　かんじゃった！）」

噛《か》むなよ。顔が少し赤いぞ。なんか一転して面白くなってきた。

「あのお方はヒドラの中で私をもっとも信頼してくださっている！　だから専属護衛を任せていただいたのだ！」

「それが引っかかるんだよな。あの人、超強いだろ。オレがどうがんばっても敵《かな》わないくらいにさ」

「当然だ。あのお方はヒドラの創始者である伝説の騎士の直系。貴様のような田舎者《いなかもの》とは血筋が違う」

「なんで田舎者って知ってんの？」

田舎者オーラでも出ていたか？　オレ、名前しか名乗ってないよね？

別にどうでもいいんだけどさ。

「とにかく、あのお方は私を認めてくださっている。妙な勘《かん》ぐりはやめろ（私の護衛はお前しかいないと言ってくださったのだ！）」

「でもお前ってオレよりは強いけど、エルドア公爵より弱いだろ。あの人は何か考えがあってお前を傍《そば》に置いてるだけなんじゃないか？」

「貴様ァ――――！」

眉間《みけん》に皺《しわ》を寄せて怒り最高潮ってところだな。

おっと、煽《あお》りすぎたか。こいつにガチで襲いかかられると、生き残れる自信はあまりない。

「悪かった、謝る。ごめんなさい」

「誠意が感じられん！」

「大変申し訳ありませんでした」

「わざとらしい！」

どうしろと？　親父が悪さをした時も散々オレが村人に謝ったけど、こんなの初めてだよ。

オレが呆《あき》れているとエルドア公爵が戻ってきた。

「やぁ、すっかり仲良くなってるね（私が予想した通りだ）」

「エルドア公爵、この子がオレをいじめるんです」

「貴様！　ウソを吐《つ》くな！」

エルドア公爵、どこまでが予想通りなんですか？

この子、明らかに嫉妬《しっと》に駆られてオレに憎悪を抱いてるんですけど？

もっとこの子のことを知ってあげてください。

＊＊＊＊

初日を終えて、オレは風呂にゆったりと浸《つ》かっていた。

まさか移動中にこんな風呂に入れるなんて、夢にも思わなかったよ。

何より湯船で足を伸ばせるのが最高だ。

オレの家の風呂は一人しか入れないほど小さい上に、親父が強引に入ってこようとして壊れたっけ。

何が親子のスキンシップだ。

「いやぁ、いい湯だった。エルドア公爵、ありがとうございます」

「気に入ってもらえたなら嬉《うれ》しいよ。お金があれば、いつでも大きな風呂に入れるんだよ（こういう時も揺さぶりをかけておこう。ヒドラに入りたくなーる、入りたくなーる）」

「そうですね。でも不便な環境には慣れてます」

何のまじないだよ。怖いわ。

エルドア公爵は本気でオレを引き入れたがっている。

最初はヒドラ人材不足かよって思ったけど、シカを見ているうちにそうでもない気がしてきた。

これはあくまでオレの妄想だけど、シカは護衛訓練をさせられてるんじゃないか？

ヒドラのメンバーは不明だけど、オレとそう年齢が変わらないシカが上位の実力者とは思えない。

エルドア公爵ならシカが万が一、護衛で至《いた》らない点があってもいくらでもカバーできる。

攻める戦いの訓練があるなら、守る訓練があってもいい。

シカがそこに気づいてないのは明白だ。

「エルドア公爵。ルオンの入浴後、浴槽《よくそう》などの確認を行いましたが怪しい点はありませんでした」

「そうか。でも次からはやらなくていいからね」

何の確認してんだよ。きもいわ。

「ではネリーシャ君やエフィ君、シカ。女性陣も入ってきなさい。私は後でいい」

「エ、エルドア公爵を差し置いて、ですか？（そもそもなんでルオンが一番風呂なの？）」

「ネリーシャ君、君達は客人だ。ルオン君同様、客人をもてなすのは当然だよ（私は風呂場で寝てしまうことがあるからね。迷惑になるだろう）」

「エルドア公爵……」

風呂場で寝たら最悪、死ぬぞ。その時は護衛として責任とれよ、シカ。

「では先に……。エフィ、行くわよ」

「うんー！　ルオン君、覗《のぞ》いちゃダメだよー？」

「オレの名誉を何だと思ってるんだ」

お前、ほら。エフィがそんなこと言ったもんだから、猛獣みたいなのが目を光らせてるじゃねえか。

なんで刃《やいば》を研《と》いでるんだよ。何を斬るんだよ。

「エルドア公爵。常に油断せず、風呂場に不審《ふしん》なルオンが近づいたら仕留《しと》めます（やりかねない、あの顔はやる顔だ）」

「そうか。でもルオン君はそんなことしないと思うよ（彼にはまだそういうのは早いだろうね）」

アホらしい。風呂も入ったし、もう寝るか。

うっかり風呂に近づいて暗殺者みたいなのに殺されちゃ敵わん。

＊＊＊＊

「おい、貴様」

翌日、朝食をとっているとシカが何か言い出した。誰に向かって話しているんだろうな。

それよりこのベーコンエッグとピザトーストがうまいのなんの。

村じゃ野菜中心の地味な食事ばかりだったから、このチーズのおいしさがたまらない。

「おい」

「うんまい」

「貴様！」

「うるさいな」

おいとか貴様とか、昨日から無礼《ぶれい》なやっちゃ。

他人に話しかける時は丁寧《ていねい》に名前を呼べって親に教わらなかったのか？

オレは教わらなかったけど。

「何の用だよ。オレは今、チーズのうまさに感動しているんだ。これって馬車に常備しているのか？」

「あぁ、冷蔵庫に常に……じゃない！」

「だから何の用だよ。エルドア公爵もいるんだぞ。粗相《そそう》のないようにな」

「私と勝負をしろ（エルドア様の言いつけにより、決着をつけねばならん）」

「嫌です」

清々《すがすが》しい朝食の席で、オレは爽《さわ》やかに断った。

会って間もないのにいきなり勝負しろだなんて、どういう教育を受けてきたのか。

今のオレはあくまで冒険者で、戦いが本業じゃないって理解してくれ。

「ルオン君。何も戦えと言ってるんじゃない。君じゃシカには勝てないからね（そう、試合形式じゃ君の真価は発揮《はっき》されないだろう）」

「エルドア公爵、悲しいフォローありがたいです。じゃあ、何で勝負するんです？」

「カードゲームだよ。ババ抜きって知ってるかい？」

「いえ、知らないですね」

話によるとシカがあまりにオレに拘《こだわ》るものだから、エルドア公爵は一つの提案をした。

ここは一つ、白黒つけようということで選ばれたのがババ抜きだ。

一応、筋は通っているけどババ抜きとやらでシカは納得するのか？

オレは別に負けても一向に構わないんだけどさ。

というわけでルールを教えてもらってさっそくババ抜きとやらを始めることにした。

まぁルールを聞いて思ったんだけどさ。

「はい、シカの負け」

「ううっ！　ううぅぅ！　ううぅくっふぅぅ……！」

シカが大粒の涙をこぼして泣き崩れた。このゲーム、オレが負けようないだろ。

心の声もそうだけど、このシカはめっちゃ顔に出る。

オレがババ以外のカードを取ろうとすると、万力《まんりき》の力でカードを押さえつけるんだよ。

もちろん反則らしいから、しっかり取らせてもらったけどね。

「ルオン君、強いねー！　一回も勝てないよぉ！」

「エフィもなんだかんだで二位をキープしてるじゃないか。どこかの最下位とは違ってさ」

「貴様ァ――――！」

ババ抜きごときでキレるなって。

「さすがルオン君ね。こういうのいかにも得意そう」

「ネリーシャも少し顔に出すぎなんだって。エフィなんか常にニコニコしてるから逆に読めないんだよ」

エフィは心の声でまったく動揺しないから、やりにくいったらありゃしない。

世の中にはこんなにも楽しい遊びがあるのか。

今度はヘッドホンなしでやってみるのもいいかもな。

「ルオン……！　やはり貴様とは直接、戦わねば気がすまん！（勝算は確実にある！）」

「ババ抜きで負けてそこまでキレ散らかす奴ってそんなにいるもん？」

「黙れ！　表に出ろ！　戦いなら負けん！」

「なんでオレがお前と戦わないといけないんだよ」

「怖いのか？」

はぁ、さすがにオレもここまで絡まれるとうんざりする。

貴重な人生の時間をシカのために費《つい》やせと？

そろそろ本気でこいつの対処を考えないとな。

「一応、オレに敵意を持っているようだから言うけどさ。何かしてきたら殺すからな」

オレはあらゆる手を使ってこいつを殺す。


（ル、ルオン。なんて殺気なの……）

（なんだ、こいつ……。なんで私の体が動かない？　実力は間違いなく私のほうが上だ、なのに……）


場が静まった。

「オレにはオレの人生がある。お前の邪魔をする気はない。だけどオレの邪魔をするなら、必ず殺す」

（つ、強さならネリーシャとかいう女のほうが上だ。だけど、なんで……こんなにも震えが止まらない？）


オレはカードをまとめてエルドア公爵に手渡した。

こういうゲームは笑って楽しまないとな。

といっても、オレにはこの人が何をやりたかったのかわかってるけど。

（ルオン君にとって、あの耳兜《みみかぶと》は添《そ》え物《もの》だ。彼の真価はやはり単なる戦いの場にないとわかった）

この分だとヘッドホンの本当の性能にも気づいていそうだ。

シカはともかく、この人だけは敵に回さないようにしよう。

シカにカードゲームの入れ知恵をしたのも、このためだろうな。

＊＊＊＊

ライドが言った通り、魔道馬車に乗って約二日で王都に着いた。

魔道馬車は王都の正門の隣にある門から入ることになっている。

いわゆる魔道馬車専用の門だけど、要するに貴族専用だ。

オレは初めて見る王都にただただ圧倒された。道の広さ、建物の多さと高さ。

これから祭りでも始まるのかと思うほどの人の多さだ。

国中からいろんな人達が訪れるから、服装の違いを見ているだけでも飽《あ》きない。

「見事に開いた口が塞《ふさ》がらないね、ルオン君(田舎の純朴な少年を王都に連れてくる快感はいつになってもやめられん)」

「こんなに人がいたら、ストレスが溜《た》まりそうですね」

「ハハハ！　王都暮らしから離れる者もいるくらいだからね！(言うねぇ。普通はそれ言わんよ)」

「遠くに見える城とか、あんなに大きくしてどうするんですかね？　建築費の無駄じゃ？　もぎゅっ!?」

オレがあまりに言いたい放題だからか、ネリーシャに口を塞がれた。

そうそう、相手は公爵なんだよね。なかなかフレンドリーだから、すっかり忘れていたよ。

「ルオン君！　余計《よけい》なこと言わないで！(ハラハラしてストレスが溜まるのはこっちよ！)」

「悪い、悪い。でもこのくらいで不敬だなんて騒ぐ人とは思えないけどな」

「そうだけど、本来なら私達は一生会う機会がないほどの人よ」

「オレよりエフィに気をつけたほうがいいんじゃないか？」

昨日、エフィがずけずけと王宮の権力争いについて聞いてたからな。

不敬どころじゃないだろ。質問内容がぶっこみすぎなんだよ。

のほほんとした顔で、えげつないことを聞きやがる。

「エフィ、本当にああいうのやめてね（成《な》り行《ゆ》きで一緒に来たけど、そろそろ離れたほうがいいのかしら？）」

「わかった！　今度から騎士団のパワハラ事情にとどめておくね！」

「やめなさいって！（やっぱり私が一緒にいて止めないとダメっぽい⁉）」

「ねー、ルオン君！」

何がねー、だ。こちとら、これから仕事だっての。

王都の大きさに圧倒された後で、オレはこれからエルドア公爵が指揮《しき》するヒドラの本部へ向かわなきゃいけない。

魔道馬車が王都の大きな道を進み、オレは窓の外を眺《なが》める。

王都の人達も魔道馬車は珍しいのか、立ち止まって注目していた。

そして到着したのは平べったく大きい屋敷だ。

高い壁に囲まれた広大な土地は全部、ヒドラの敷地かな？

敷地内に止まった魔道馬車から降りると、オレは王都の空気を吸った。

なんだか独特な匂いだ。埃《ほこり》っぽいような香辛料《こうしんりょう》の匂いのような、色々と混ざってカオスだ。

これは田舎者が慣れるには少し時間がかかるかもしれない。

「ではルオン君、エフィ君。行こうか。ネリーシャ君は所用があるらしいので、ここでお別れか」

「は？　なんでエフィが？」

「見学を希望したのでね。ルオン君と一緒なら問題ない（二人を引き離すのは少しかわいそうだからな）」

「いや、待ってください。見学とかできるくらい緩《ゆる》い施設なんですか？　あとオレとエフィってどう見られてるんですか？」

「友達ではないのかね？」

オレが知らないところで交友関係が広がっていた。どうせエフィが適当に吹き込んだんだろ。

実害がなければ別にいいけど緩すぎだろ、ヒドラ。なんで見学とかできるんだよ。

「友達でも何でもいいので行きましょう」

「では案内しよう。あそこに見える屋敷が私の住居兼本部だ（どうだ、あれも驚くだろう？）」

「住居と一緒なんですか？」

「あぁ、ご先祖様達がいちいち行き来するのが面倒ということでね（あれ？　反応が薄いぞ？）」

だって遠くに見える城のインパクトに比べたらね。

あの屋敷だって、たかが暮らすだけなのになんであんなに大きいんだろう？

金持ちの考えることはわからん。それから屋敷まで徒歩で向かった。歩くこと数分、遠くない？

屋敷の前で待ち構えていたのは白髪のじいさんだ。

「旦那様、お帰りなさいませ（はて、見慣れない子どもが？　もしや隠し子が⁉）」

「バルトラ。私が留守中の間、ご苦労だった。何か変わったことはないかね？」

「いいえ、特段変わったことはございません（か、隠し子なのか⁉）」

「そうか。では中に入らせてもらおう」

おい、執事らしきじいさんが内心穏《おだ》やかじゃないぞ。まずオレ達を紹介したほうがいいんじゃ？

「おっと、忘れるところだった。こちら、ルオン君とエフィ君だ。少しの間、ヒドラで預《あず》かることになった」

「ほう、旦那様が直々《じきじき》にスカウトとは珍しいですな。一体、どちらの少年と少女で？（まずは探りをいれねば……）」

「出身は……はて？　とにかくルオン君はヒドラで一定期間、訓練をしてもらうことにした。事情は改めて後ほど説明しよう」

「かしこまりました（出身をごまかした⁉　まさか、旦那様……！）」

出身地を教えてなかった弊害《へいがい》が出てしまった。

これは素性《すじょう》も知れないガキを連れてきたエルドア公爵が悪い。

ていうかなんでこんなに疑われてるんだ。普段からそういう素行《そこう》なのか？

オレ達は屋敷の奥にあるエルドア公爵の執務室へと案内された。

大きいデスクの向こうの椅子に座ったエルドア公爵が改めてオレ達を品定めするように見る。

「ようこそ、我が屋敷へ。ルオン君、君の耳兜は神器《じんぎ》だったか。神器持ちはヒドラ内でも大変珍しい（そういえば騎士団に配属された少年も神器持ちだったか）」

「そうなんですか。ヒドラには何人くらいいるんですか？」

「それは君の目で確かめてみたまえ（こればかりはあまり喋《しゃべ》るわけにはいかん）」

「なるほど」

オレが少し攻めるとエルドア公爵が自嘲《じちょう》した。

今更に思えるけど、ここはヒドラの腹の中。いつ消化されてもおかしくない。

そう思えないほど、室内には上品な調度品《ちょうどひん》が飾られていて厳《おごそ》かな雰囲気がある。

「さて、これからの話をしよう。ルオン君。最初に話した通り、これからの世界には君のような人間が必要なのだ」

「お言葉ですけど、オレは自分のことしか考えてない人間です。オレみたいなのが世界に溢《あふ》れたら、それこそ滅亡しますよ」

「もちろん全員が君を見習えるわけではない。一部の有能な人間が少しでも気づけばそれでいいと思っている」

「有能……」

ますますオレとはかけ離れた話になってきたな。

とにかく、今日からオレはヒドラで訓練をするわけだ。

こんな機会は滅多《めった》にない。チャンスだと思って、できるだけ多くのものを得よう。

＊＊＊＊

王国軍事機関ヒドラ。その実体は総司令の屋敷を本部とするアットホームな組織だ。

オレの部屋は屋敷内に割り当てられて、出入りと門限の制限はなし。

食事は屋敷内にある食堂で朝昼晩と深夜、自由に食べられる。料金はエルドア公爵持ち。待遇よすぎない？

構成員の人数なんかの詳細は不明。

というのもこの屋敷、一見して組織の本部に見えないからどこに何があるのかさっぱりわからない。

例えば諜報部《ちょうほうぶ》というものがあるらしいんだけど、目印や表札みたいなものがないから場所が不明だ。

これはわざとやっているみたいで、来客なんかに悟られないようにするためらしい。

つまりこの組織でやっていくには最低限、どこに何があるのかを把握しなきゃいけないというわけだ。

「まず軽い訓練にしよう。私からの課題、この屋敷内を探索せよ（それだけ？　そう思っているんだろう？）」

「それだけですか？」

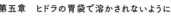

「そうだ。前も言ったけどここは私の屋敷兼ヒドラの本部。がんばって彼らと接触してみたまえ（よし！　そのセリフが聞きたかった！）」

「わかりました」

たまには喜ばせてあげないとね。オレは一日かけて屋敷内を探索した。

当然、案内なんかなくて自力で色々と見つけ出せとのこと。これも訓練のうちらしい。

屋敷の中には使用人もいるけど、中にはヒドラの人間もいるんだろうな。

オレのことはエルドア公爵から伝わっているらしく、まったく怪しまれない。

ひとまず適当な部屋のドアをノックしてみた。

「こんにちはー」

「来たか……は？　男？　いやいや、チェンジで（なんだよ、こいつ！）」

半裸の男が出てきたと思ったらドアを閉められた。なんだよ、チェンジって。

どの部屋に誰が住んでいて、どの部門なのかもわからない。

探索すればするほど訳がわからなくなる。これも訓練だと思ってオレはひたすら探索を続けた。

そして三日目、オレは自力で屋敷内の見取り図を書いた。

一階、二階、三階。それぞれどういう人間がどこに住んでいるのか。

チェンジ男の部屋は一階の奥、その隣は使用人達の部屋。

大浴場やトレーニング室なんてのもあって驚く。更には食堂や会議室らしき部屋。

二階も部屋数がひたすら多い。トイレ、風呂あり。三階も同じ。特に代わり映えはしない。

「エルドア公爵がオレに何をやらせたいのかわかったよ」

「ルオン君、一階の部屋のドアをノックしたら変な人が出てきてね。『チェンジ』って言われたの。どういうことかな？」

「よくわからんが、ろくでもなさそうだから近づくな」

「なんか気持ち悪いもんね」

四日目、すれ違う使用人の心の声を聞いて大体把握した。使用人の中にヒドラの人間が普通に紛《まぎ》れている。

大半が諜報部で、オレが質問しても平気でウソをつく。

エルドア公爵から、本当のことを教えるなとでも言われているんだろう。

例えば使用人の一人に話しかけたら、こうだ。

「ヒドラの人達はどこにいるんですか？」

「え？　ぷっ！　うふふ……まさかそれ信じちゃってる？（聞いたら教えてもらえるかもしれないなんて甘いわ）」

「どういうことですか？」

「まさかここがヒドラの本部って聞いてる？　あのエルドア公爵はそうやって客を招《まね》いていつもからかってるのよ（ヒドラはそう簡単に頭を出さないのよ）」

「えー！　そうなんですか？」

「あの人の悪い癖《くせ》よね。特に君みたいな子どもを見ると、すぐそうするのよ（はい、これで延々《えんえん》と迷ってね）」

　こうやって心の中では舌を出して笑っているわけだ。

「えぇー……。ところで、あなたはずっとここで働いてるんですか？」

「私は七年前からイスカ村……と言ってもわからないか。村から出稼《でかせ》ぎに来ているの（純朴そうな子ね。簡単に騙《だま》せそう）」

「そうだったんですか。いやー、オレも田舎の村から出てきて大変ですよ」

「慣れない王都はつらいだろうけど、すぐに慣れるわ。わからないことがあったら、何でも聞いてね（ヒドラのこと以外はね）」

　とりあえずその場では立ち去ってから後日、一人ずつ動きを探る。たぶんオレなんかが尾行しても一瞬で見つかるからな。

　何食わぬ顔をして生活をしながら、行先なんかを把握していった。

　普段から尾行されないように訓練しているんだろうな。あっちも気取られないように動いているのがわかる。

　ヘッドホンがあっても苦労する。なかったら完全に詰んでいたかもな。

　当たり前だけど人間、常に仕事のことばかり考えて行動してるわけじゃない。大半が関係ないことばかり考えている。

　だから屋敷内の人間の行動をよく見て、何かしら見つけないといけない。

そんな日々を過《す》ごして、オレは地道に情報を収集していった。

「諜報部の場所はわかった。後は戦闘・暗殺部か」

ヒドラの諜報部と戦闘・暗殺部があると場所がわかった。

更に辿《たど》りつくのに必要な合言葉と行動も、心の声を聞いてようやくわかったよ。

まずは諜報部を訪ねるとしよう。最初は屋敷の厨房《ちゅうぼう》に行く。

「さっきそこでリザベスからバフォロステーキを届けるように頼まれました」

「はい、バフォロステーキね。リザベスの部屋はわかってるよな？（しょうがない、これを渡すか）」

「あ、はい。ここを出て突き当りを右に曲がったところの奥にある部屋でいいんですよね？」

「おう、その通りだ」

厨房の料理人ホーさんから渡されたのは料理が入っているという設定のボックスだ。

案内通りに進むとそこにあったのは部屋のドア。

ノックすると一人の女性が出てきた。髪がボサボサで一見だらしなく見える。

「……なに？（まさか辿りついた？　でもここからよ）」

「厨房のホーさんから、こちらにバフォロステーキを届けるように言われました」

「入って（完璧ね）」

部屋の中に入ると、女性がニッコリとほほ笑んだ。

「ヒドラ諜報部へようこそ。エルドア公爵から聞いていたけど、まさかこんなに早く辿りつくなんてね（こんな子どもが……）」

部屋は案外広くて、デスクが並んでいて二十人くらいが書類に目を通したり書き物をしていた。

服装はそれぞれ違っていて使用人や冒険者、商人風と様々だ。その人達がその手をピタリと止めてオレを見る。

「おいおい、こんなに簡単に見つかっちまうのかよ」

「もっと難しくしたほうがいいんじゃないか？」

「俺の試験でも同じことやったけど、屋敷に半年くらい滞在するはめになったぞ」

なるほど。課報部員になる時のための試験でもあるのか。

オレはヘッドホンで楽に攻略できたけど、そうじゃないなら普通は帰る。

課報部の人達の中に見知った人がいた。

「あ、ウソついた使用人さんだ」

「ごめんね。君だけじゃなくて、外から来た人に簡単にバレないようにこうしてるの」

「だったら屋敷を本部にしなければいいんじゃ？」

「そうなんだけど、代々これだから……」

ご先祖達が面倒だからという理由で屋敷と一体化させたんだったか。

ヒドラの成り立ちはよくわからないけど、それで通るのがすごいな。

まずは【さっきそこでリザベスからバフォロステーキを届けるよう頼まれた】が第一の合言

葉だ。

ちなみにこの屋敷にリザベスという名前の人間はいない。

次にリザベスの部屋の場所を聞いてくるから、【リザベスの部屋への行き方】を話す。

合っていれば、その通りだと答えてくれる。そして行き着いたのがこの諜報部の部屋だ。

しかもこれ、何がひどいかって日によって聞くべき人間と目印のアイテムが違うらしい。

今日は食堂の厨房にいるホーさんに第一の合言葉を告げると目印の空《から》のボックスを渡される。

届けた先で伝える時はちゃんと空のボックスを見せて「厨房のホーさんから言われてバフォロステーキを届けに来た」と言わないとダメ。

昨日はトレーニング室長のマソルさん。

【さっきそこでリザベスから、貸したものを返してもらうように頼まれました】が第一の合言葉だ。

部屋の行き方への質問に答えた後、トイレのスッポンを届けてくれとマソルさんに言われて渡される。

届けた先で伝える時はちゃんとトイレのスッポンを見せて「トレーニング室のマソルさんから、こちらのトイレのスッポンを返すように言われた」と言わないとダメ。

なに借りてんだよ。設定にしてもひどすぎるわ。逆に怪しいだろ。

「すごいね。まずリザベスの名前を知るのが困難だってのにさ」

「リザベスってこの屋敷にはいないんですよね？」

「昔、エルドア公爵が飼っていた猫の名前らしいよ（酔《よ》うといつも聞かされるんだよなぁ。しまいには泣くし……）」

「猫かい」

めちゃくちゃかわいがっていたリザベスの死が忘れられなくて、合言葉にしたらしい。

こうすることでいつまでも心に残り続けるんだってさ。別にオレ達の心に残す必要はないと思うんだけど。

＊＊＊＊

「こんにちは、チェンジマン」

「誰がチェンジマンだコラァ！」

オレが訪ねたのは初日でチェンジとか意味不明なことを言ってきた男の部屋だ。

相変わらず半裸でがさつそうな男が、青筋を立てている。

年齢は二十代半ばくらい、よく見たらかなり体が出来上がっていた。

調べはついてるんですよ、チェンジマン。

「まーたお前か！　チェンジだ、チェンジ！（フランシスちゃんはまだかよ!?）」

「ヒドラ戦闘部隊の一人、レイトルさんだよね？」

「……なに？（あ？　こいつってまさかエルドア公爵が言っていたガキか？）」

「無類の女とギャンブル好き。給料の大半をそれにつぎ込んで、借金までしてるろくでなしともっぱらの噂《うわさ》だよ」

「お、お前、そ、そこまで！（こいつ、ただのガキじゃないのか！）」

これもそれなりに情報収集をしてわかったことだ。

使用人の女性が毛嫌いしているから、名前だけはすぐに判明したんだけどね。

この男がヒドラ戦闘部隊所属とわかったのは、毛嫌いしてない女性もいるからだ。

こんなのでも意外ともてるようで、いわゆるダメ男好きに評判がいい。

ヒドラの給料にものを言わせて、女に金を費やすような奴だ。中にはころっと惹《ひ》かれるのがいても不思議じゃない。

何にせよ、オレにはよくわからない世界だ。

「レイトルさん。戦闘・暗殺部の訓練をしてほしい」

「お前、マジか。話には聞いていたが、まさかこんなガキとはなぁ（十代前半ってところか？毛も生えてなさそうだな）」

「ダメかな？」

「わかった、わかった。そういう約束だからな。クソッ、フランシスちゃんどうして……（金返せや！）」

心の声が過去最高に汚れ切っているからあまり聞きたくないな。

親父が快晴下品だとしたら、レイトルさんは雨天下品だ。こうジメッとした気持ち悪さがある。

そのレイトルさんが渋々《しぶしぶ》といった感じで着替えを始めた。

「ルオン君、この人って強いのかな？」

「エフィ、はちゃめちゃに強いと思うぞ。たぶんオレとネリーシャが二人がかりで戦っても勝てない」

「えぇ——!?　クソ化け物じゃん！」

「最初に訪ねた時は一瞬でドアを閉められたから気づかなかったよ」

着替えを終えたレイトルさんが背中に背負っていたのは大槍《おおやり》だ。

青色の前髪を綺麗《きれい》に上げて正装に着替えたレイトルさんはそれなりに整ったイケメンだった。

「今日はオフだったんだがなー。あーあ、今日はオフだったのになー」

「あ、じゃあ後日でいい」

「オイオイ！　そこは『すみません！　今日はお願いします！』だろうが！　覇気がねぇな!?」

（なんだこいつ！）

「いや、だって。確かにオレのワガママだし」

オレはそんな熱血キャラじゃないんだ。

それに今のところ接触できるヒドラ戦闘部隊の人間はレイトルさんしかいない。

シカはエルドア公爵の護衛で忙しいし、どうせ頼んでも断られるのがオチだ。

そしてこのレイトルさん、シカとは比較にならないほど強い。

でたらめな生活を送ってそうな割に心臓の鼓動《こどう》、息遣い、足音、どれをとっても落ち着きすぎている。

仮にオレが背後から殺しにかかっても絶対に失敗するだろうな。

「お前、俺を殺そうと考えなかったか？」

「……ッ！」

「ハハハ！　将来性しかないわ！　そういうチャレンジ精神、買うぜ！　もちろん無料でな！」

「無料かぁ」

無料でも買ってもらえるだけありがたいんだろうか。

ていうかなんでバレた？　スキルか？　神器だとしたらあの槍？

いや、たぶんどれでもない気がする。これまでの経験に裏打ちされた技術と勘によるものだろうな。

戦争を止めただのヒドラを恐れて侵略を躊躇《ちゅうちょ》している国があるだの、言われるだけある。

オレはとんでもない人間に教えを乞《こ》うているわけだ。

案内された場所はトレーニング室だった。

「マソルさん、奥いいか？」

「おや、今日はオフじゃなかったのか？」

「ちょっとこの将来性大のチビっ子がお盛《さか》んみたいでな。スッキリさせてやろうと思う」

「お前が男に入れ込むなんて珍しいな。奥へ行きな」

小鹿くらいのサイズのダンベルでトレーニングしているマソルさんが爽やかに答える。

ここは屋敷で働いている人向けのトレーニング室みたいだ。

ちらほらとそういうライトな人達が様々なトレーニングに勤《いそ》しんでいる。

レイトルさんが奥にある扉を開けたので、オレもついていく。

「ここは勝手に入るなよ。あのおっかない筋肉お化けにぶっ殺されるからな（マッスル抱擁《ほうよう》は死ねるぞ）」

「あの人はヒドラの戦闘員じゃないのか？」

「雇《やと》われのパーソナルトレーナーだ。昔は海賊団の船長をやっていたらしいから、絶対に怒らせるなよ（戦闘部隊にいても違和感ない強さだぜ）」

「海賊……」

なかなかの事情をお持ちの方々がいらっしゃる。歩いた先はだだっ広い空間だった。何もない。

「ここが俺達の訓練場だ。何もないだろ？　だがこれがいい（一度、ここでアレしたいんだがたぶん殺されるよなぁ）」

「思いっきり暴れても問題ないって感じだね」

「察しがいいな。魔法だろうがドラゴンのブレスが当たろうが、ここが損壊《そんかい》したことはほとんどない」

レイトルさんが軽く準備運動をしてからオレを見た。

いざ対面すると足がすくむ。これがあのチェンジマン？

「お、びびったな？　思ったより見所あるじゃないか」

「びびったのに？」

「お前みたいな危機に敏感で臆病《おくびょう》な奴ほど強い」

「オレが強い、ねぇ」

レイトルさんが背中の槍を両手に持って構える。その瞬間、オレは背筋が凍《こお》る思いがした。

え？　これ、戦う流れ？　いや、確かに訓練をお願いしたけどさ。

「ちまちまやるのは時間がもったいない。俺にかすり傷でも負わせてみろ（無理だろうがな）」

ふぅ、と息を吐いてオレも蛇腹剣《じゃばらけん》を取り出す。

軽く振るっても、見事に床は傷一つついていない。さすがの硬度だ。

「さぁ、来いよ」

レイトルさんが挑発する。オレは心臓が高鳴った。

蛇腹剣を握る手が汗でまみれていく。呼吸も乱れていった。

「どうした？　いつでもかかってこいよ」

レイトルさんが再度挑発してきた。

オレはどうすればこの人にかすり傷を負わせられるか。考えた末に行動に出た。

＊＊＊＊

「ハッハッハッハッハッ！　ヒーヒヒッ！　く、苦しい！」

オレが見せた醜態《しゅうたい》にレイトルさんは笑《わら》い転《ころ》げていた。

エフィも床をバンバン叩《たた》いて楽しそうだ。確かにこれはオレが悪い。

でもね、それしか思いつかなかったんだよ。

「お、お前さぁ！　自分から訓練をお願いしておいて、逃げるってどういうことだよ！　ヒヒヒッ……！（今年一、笑えるわ！）」

「いや、だって……。戦っても絶対に勝てないし殺されるって思ったから……」

「そうかもしれねえけどさ！　さすがにタマなさすぎだろぉ！（エルドア公爵、あんた、なにを連れてきたんだよ！　面白すぎる！）」

「なんていうか、すみません」

レイトルさんと対峙した末に、オレは逃げた。

そりゃもう脱兎《だっと》のごとく逃げたさ。だけど絶対に勝てない相手が逃がしてくれるわけないんだよね。

ものすごい速さで捕まった後、床にねじ伏せられてエンドだ。あれで一回、オレは死んだ。

「お、お前さ。何のためにここに来たんだよ（これ以上、笑わせないでくれ）」

「ヒドラの訓練を受けたいから」

「ヒドラの訓練ねぇ。エルドア様、漠然《ばくぜん》としすぎだろ。面白かったけどお前の判断は間違ってなかったと思うぞ」

「訓練なのに？」

「実戦訓練としちゃ最低だがな」

しっかり最低いただきました。レイトルさんは立ち上がってからもう一度、槍を構える。

もう一度やるってことか？　正直、マジで怖いんだけど。

「俺のやり方が悪かった。俺からは絶対に手を出さねぇ。回避か防御の二択だ。これならどうだ？（先輩の俺が譲歩《じょうほ》してやらんとな）」

「絶対に？」

「絶対にだ」

「本当に？」

「どんだけびびりなんだよ（こんな奴、初めてなんだが……）」

さすが人生の先輩。オレみたいな若輩者《じゃくはいもの》にきちんと道を示してくれる。

レイトルさんの言葉を信じて、もう一度やってみることにした。

オレは蛇腹剣を駆使して攻め立ててるけど——

「ひゅうっ！　面白い武器だな！」

始まって一分、オレのほうが息を切らしていた。

レイトルさんはまるでその場から動いていないかのように見える。でも当たらない。かすりもしない。

何より音だ。最適解を示す音を聞いても、攻撃がまったく届かない。

最適解が間違っているのか、オレに問題があるのか。

挙句《あげく》の果《は》てにレイトルさんは槍を置いて、口笛を吹きながら無防備なポーズをとる始末だ。なるほど。いわゆる舐《な》められてるってやつか。

「んー、それ面白い武器なんだけどな。俺らクラスになると、割と早い段階で慣れちまうんだよ（どんな鍛冶師《かじし》が打ったんだよ。異次元すぎるぞ、その武器……）」

「ハァ……ハァ……あー、疲れた……」

「なんでこうなるか、わかるか？（昔の俺を見ているようでなつかしいな）」

「わからん……」

少なくとも賭け事と女に溺《おぼ》れる将来は嫌だ。

「端的に言えば動きに無駄が多すぎる。だからそうやって無駄に体力を消耗《しょうもう》しちまうんだ。お前、攻撃のルートは正しいんだよ。だけど届かないだろ？」

「確かにもどかしい感じがするかな」

「まぁ俺がお前にそういう攻撃を仕掛けるように誘っているんだけどな。わざと隙《すき》を見せるってやつ？　まんまと食いついてかわいいもんだよ」

「あぁー……」

つまりオレが聞いた音のいくつかはレイトルさんの罠《わな》だ。

わざと隙がある動きをすれば、その隙への道を音が示してくれる。

そしてオレは罠の道を進んで引っかかるわけだ。

これはヘッドホンが悪いというより、オレが未熟なのがいけないんだ。

前にも感じたけど、強い相手の音を深く聞こうとするほど負担がかかる。

刃速の巨王蛇の弱点を見つけた時がそうだ。

つまりレイトルさんへの真の攻撃ルートを示す音を聞くには深く集中しないといけない。

より真剣に聞くべき音を聞かなきゃいけないんだ。

だけど御覧《ごらん》の有様《ありさま》で、レイトルさんがオレにそんな余裕を与えてくれるわけがない。

刃速の巨王蛇の時だってネリーシャ達がいて、ようやく聞けたからね。だからオレが未熟なのは明らかだ。

「まー、俺からお前に課題を与えるとすればまずはひたすら基礎トレだな。日常でも極力、必要最小限の動きですませろ。まずは癖をつけろ」

「基礎トレって体力トレーニングじゃないの？」

「お前、体力はかなりあるんだよ。町でのんびりと暮らしてる奴じゃないだろ？（俺の見立てでは田舎者だな）」

「あぁ、バレたか。山のほうにある村出身の田舎者だよ」

「俺は都会っ子だけどな（ふふっ）」

今、マウントとられた？　ふふっじゃないんだわ。

つまりオレは体力を無駄に使っている。レイトルさんが言う通り、改善すべき点はまずそこだ。

言われてみればレイトルさんの動きは確かに無駄がない。

ほとんど動いてないいように見えたのは、最小限の動きしかしていないからだ。

「日常でも動きに気をつける、か。難しいね」

「いきなり習慣化は難しい。例えばトイレで用を足す時やメシを食ってる時とか、少しずつ意識してみろ（俺はアレしてる時も最小限よ。体力勝負だからな）」

なんかよくわからないけど、クッソ最低な心の声な気がしてならない。

それはそうと確かにレイトルさんの言ってることは理にかなっている。

下手に小手先の戦闘技術を身に着けるよりも、よっぽどためになりそうだ。

「お前のその武器なら、俺の槍なんかよりもよっぽど最低限の動きができるぞ（見ていてあまり気持ちのいい武器じゃないけどな）」

「でも、どうしても動かなきゃいけない場面ってあるよね？」

「そりゃな。だったら最大で動きつつ、最小の動きでいい（我ながらわかりやすいな！）」

「え？」

「だーかーら！　大きく跳ぶ場面にしても、高さを最小まで抑えるとか！　そういうの！（わからなかっただと!?）」

そういうことか。最初からそう言ってくれたらよかったのに。

と、色々と教えてもらったけど本来は自分で考えつかなきゃいけないんだよな。

でもオレに戦いの才能がないのは明らかだし、教えてくれる人がいるのはありがたい。

戦いがオレに戦いを教えてくれる、みたいな素質があればよかったんだけどさ。

とにかく今日からがんばってみるか。

＊＊＊＊

あれからオレは日常の動作にも気を使った。

メシを食ってる時や入浴中、少しずつ意識して動くようにしてる。

最初は煩《わずら》わしくてやめようかと思ったけど、一か月もするうちに不思議と慣れてきた。

動きがあまりに不自然だったせいでエフィには笑われたけど、少しずつ改善できているように思う。

日常だけじゃなく、自主的な訓練も始めた。

例えば床のタイルを一つ飛ばしで歩く。自分で決めた床のタイルしか踏《ふ》まない。

走ってひたすらタイムを縮《ちぢ》めようともした。

屋敷のホールで汗まみれになっていると、使用人達に変な目で見られるけど気にしない。

いや訓練場でやれよと思うけど、あっちはプロ達の邪魔になると思った。

あそこはプロ同士のドンパチ訓練用であって、オレの訓練なんて外でできる。

今日も自主訓練に励《はげ》んでいた時のこと。

「何をしている？（理由によっては不審者として叩き出す）」

「自主訓練だよ」

シカが汚物を見るような目をして立っていた。見ないと思ったら、ひょっこり現れるんだな。

「そんなのが訓練になるものか（まだその段階とはな）」

「訓練になるかどうかはオレが判断する。というかお前、エルドア公爵の護衛はどうしたんだよ」

「休暇《きゅうか》をいただいている。あのお方を見くびるな（だからこそ尽《つ》くしたい）」

「ふーん、そうか。じゃあ、がんばれよ」

オレはシカに構わず、タイル踏みを続けた。すぐ立ち去ってくれるかと思ったけど、なんかずっと見られている。

「見てるならアドバイスくらいほしいんだけど？」

「誰が貴様なぞにそんなものをくれてやるか（左足に重心がかかりすぎている。踏む直前が隙だらけだな）」

「お、サンキュ！」

「なに？（なんだ、こいつ？）」

シカの心の声のアドバイスを参考にすると、かなり楽になった。

さっきよりも息切れを起こしにくくなっている気がする。それを見たシカはだいぶ困惑《こんわく》しているみたいだ。

「ふ、ふん。とにかく、そんなものをいくらやっても無駄だ（よく見れば最初に会った時より動きに無駄がなくなっている。やはりこいつは怖い……）」

「そうかな？　だいぶ効果を実感してるんだけどなぁ？　どう？　ねぇ？」

「ま、まとわりつくな！（気持ち悪い！）」

シカの周りをステップして回ってやった。

からかうと腕をぶんぶん振《ふ》り回《まわ》してきて、かなり危ない。訓練前なら当たっていたな。

「よし。回避も上達している、と」

「私で試《ため》すなッ！（もう我慢ならん！）」

シカがいきり立った時、レイトルさんが派手な格好をした女性と一緒に屋敷に入ってきた。

あの人だけで屋敷全体の風紀を乱してないか？

「よう、ルオン。精が出るな」

「レイトルさん。今度また木偶《でく》訓練してもらえる？」

「木偶訓練ってお前、いつの間にそんな名称つけたよ（その木偶にすら当てられないんだけどな）」

「シカが意地悪して相手してくれないから助かるよ。エルドア公爵に言いつけていいかな？」

（こ、こいつ！）

怒ってる、怒ってる。

「まぁー、シカもお年頃だからな。同じくらいの歳の男の子には素直になれないもんさ（やべ、シカをからかうのってマジで楽しいんだよな）」

「へー、シカって何歳なんですか？」

「十四って言ったかな？　シカ？」

（あぁぁぁぁぁ！　うっとうしい！）

シカが顔を真《ま》っ赤《か》にしている。ちょっとからかいすぎたかな？　そしてシカがなぜかレイトルさんに挑《いど》む。

「き、貴様ら！　あまり私を怒らせるなっ！」

「お、相手してやるぞ」

「たぁぁぁ――――！」

「うまい！　うまい！」

おぉ、レイトルさんがシカの攻撃を完全にあしらっている。こうして見るとちょっとスッキリするな。

「はぁ……はぁ……」

「シカ、呼吸が乱れてるぞ。無駄な動きが多いんじゃないか？」

「さ、させておいて何を……はぁ……はぁ……」

「それがわかれば上出来だ」

シカは諦《あきら》めたのか、ふらふらと歩いていなくなった。

せっかくの休日にちょっと申し訳ないと思うけど、先に絡んできたのはあっちだからね。

レイトルさんが連れてきた女性が拍手をしている。

「レイトル、つっよぉーい！」

「俺はこんなもんじゃないぜ？　すぐに思い知ることになる」

「やぁーだー！　もぉー！」

レイトルさんの強さを見た女性が甘ったるい声を出している。これ以上は見ないほうがいい気がしてきた。

「ルオン。お前、シカにめっちゃ絡まれてるだろ？」

「今更？」

「エルドア様がお前を気に入ってるものだから、内心穏やかじゃないのさ」

「知ってる。すげぇ迷惑してる」

「しょうがない……で済《す》ませたらお前に悪いけどな。あいつ、家を追放されてるんだよ」

オレは思わずシカが歩いていったほうを見た。

「あいつは元々名家の娘でな。これがまたスキル至上主義で家族間でも差別がひどいんだと。で、あいつは親が望まないスキルを授《さず》かったものだから散々虐《しいた》げられた挙句、追い出されてるんだよ」

「追い出されるくらいひどいスキルだった……？」

「そんなシカをエルドア公爵が引き取ったんだよ」

「なるほど。そりゃエルドア様にべったりするか」

スキル一つですべてを判断して追放？　バカじゃないのか？

金持ちのお家騒動には疎《うと》いけど、シカを活《い》かすノウハウがない無能ですと言ってるようなものだ。

金持ちで権力があっても、そんなことすらできなかったのか。

うちの飲んだくれ親父でさえ、オレに背中を見せてくれたというのに。おっと、柄《がら》にもなく熱くなりそうだった。

「仕事柄、こういうのを知ってるんだけどな。シカってのも本当の名前じゃないぞ（俺は本当の名前を知ってるけどな）」

「そっか。あいつ、すごい奴だったのか」

「え？　まぁ、そりゃな（なんだ？　急に雰囲気が変わったぞ？）」

「嫌な奴だと思ってたけど、あいつのこと気に入ったよ」

「そ、そうか。だがあいつは手強《てごわ》いと思うぞ？　ああいうガードが固い女にはコツがあってな（こっちの手ほどきもしてやらないとな）」

何の話をしてるんだよ。頭の中まで派手色に染まってるんじゃないか？

どんなスキルか知らないけど、シカは体一つであの強さを身に着けた。

クソみたいな仕打ちを受けても、自分の生き方や目標を決めている。

それだけでも人として尊敬できると思う。今度会ったら、ちゃんと言葉にして伝えてみよう。

第六章　魔力とはふわっとしてうねっとしたもの、ぐりゃっとしたものだ

この屋敷に来てからオレは危機感を抱いていた。

来た時よりマシな動きができるようになったし、レイトルさんとの木偶《でく》訓練でも日増しに戦闘の継続時間が増えている。

訓練を始めて二か月、未《いま》だかすらせることもできないのはまだいい。

大切なのは自分がどう成長したかだ。じゃあ何が問題かって、まずここのメシがうますぎる。

厨房《ちゅうぼう》のホーさんを始めとして、腕がいい料理人を雇《やと》っているみたいだからね。

用を足した後、小便がかかった手で食事当番をする親父みたいな腐《くさ》れはいないはずだ。

風呂は蛇口《じゃぐち》を捻《ひね》れば、なんとお湯が出てくる。トイレも蛇口をくいっと捻れば水が流れる。

魔道馬車に完備されていたものが屋敷にもある。これ以上、快適なことはないだろう。

ここが快適すぎるんだ。この環境に慣れすぎるのが怖い。

オレが何もしなくても食堂に行けばメシが食えるし、部屋に戻ればベッドメイクが終わっている。

これに慣れてしまったら例えば邪神竜《じゃしんりゅう》か何かに王都が襲われて破壊された時に、いかに快

適な環境だったかを思い知るだろう。

と、食堂で食事をしている時にレイトルさんに話したんだけど——

「バカじゃねえの？」

「ストレートすぎる」

そうなったらまず命の心配をしろという至極《しごく》まともな意見をいただいた。

レイトルさんのくせにちゃんとまともなことを言うんだな。

確かに起こってないことを心配するなんてオレの柄《がら》じゃない。

そんなことで無用のストレスを感じてしまったら、オレの人生本末転倒だ。

というわけで快適な環境を経験しておくのも悪くない。

「お前がそんな下らない妄想に浸《ひた》っている間に、ガールフレンドはメキメキと強くなってるぞ」

「ガールフレンド？」

「エフィって子だよ。ドドネアの奴《やつ》が指導してから、魔法の腕を上げている」

「そういえばあいつ、魔法が使えるとか言っていたような気がする」

どさくさに紛《まぎ》れてオレについてきただけのエフィの面倒まで見てくれているのか。

ドドネアというのはレイトルさんと同じヒドラの戦闘部隊の一人だ。

魔法専門の人らしいけど、オレも概要しか知らない。

魔法か。できればそっちも身に着けたかったけど、残念ながらオレには魔力がほとんどないらしい。

それでも何かできると思うんだよな。

確かに派手な攻撃魔法は使えないけど、別にそれだけが魔法じゃないはずだ。うん。決めた。

「レイトルさん。ドドネアさんを紹介してほしい」

「へ？　お前、魔法を使いたいの？　半月前に魔力検査をやったけど見るも無残《むざん》な結果だったたろ？（あんなひってぇ魔力値、初めて見たわ。お、思い出したら笑いそうになるぜ）」

「何ができるか、できないかはオレが決めるよ」

「わかった。じゃあ、メシを食ったら紹介してやるよ（まぁこいつなら大丈夫だろ……たぶん）」

おい、なんか不穏な心の声が聞こえたんだが？　何が大丈夫なんだ？

エフィは大丈夫じゃないのか？

＊＊＊＊

「ねるねるねるね……ねればねるほど色が変わってぇ……うっまぁいっ！」

「失礼しました」

どうもレイトルさんが案内する部屋を間違えたみたいだ。

変な女がブツブツ言いながらなんかやってるだけじゃん。レイトルさんも疲れているのかな？

「おい、コラ！　せっかく案内してやったのに何してんだ⁉」

「いやだって、ここたぶん霊障《れいしょう》が多発している部屋ですよ」

「怪奇現象扱いするな！　あれがドドネアだ！」

黒い魔女帽子に黒いローブ。暗い室内でロウソクの明かりに照らされている女の顔が怖くて泣きそう。

レイトルさんは一体何を紹介したんだ？

「よし、もう少しで魔法菓子が……ん？　来客かな？」

女がオレ達に気づいた。綺麗《きれい》な唇《くちびる》を歪《ゆが》めて、いかにも邪悪そうな笑みを浮かべている。

魔法菓子ってなんだ。

「レイトル、お前がくるなんて珍しいな。私を誘惑するんなら、あと数百倍の魔力と固有魔法を用意してきな」

「俺の槍《やり》は魔法にも劣《おと》らないんだぜ？」

「あんたが言うと、いやらしいね」

ドドネアさんが帽子をとって、黒いローブの胸元をばたつかせた。暑いなら着替えればいいのに。

服装とは裏腹に男勝りな雰囲気で、吊《つ》り目《め》がややきつい印象だ。

「そこにいるのは例の少年か？（うーむ、この清々《すがすが》しいまでの低魔力。逆に面白いかもな）」

「こいつがルオンだ。お前に魔法を教わりたいってよ（おー、いい感じで足を開いてくれてんなぁ。あと少し！）」

「その少年が？　ほう……（ふむ、もしかしたらその少年はわかっているかもな）」

「よろしくしてやってくれ」

ドドネアさんがオレを値踏《ねぶ》みするように観察している。なんだろうな、この感覚。見透《みす》かされるようで、あまり心地よくはない。

例えるなら他人が家に上がり込んできて、食糧庫を覗《のぞ》き込《こ》んでくるような些細《ささい》な不快感だ。

他人の心の声を聞いているオレが言えた義理じゃないけどさ。

「ルオン少年。君は魔法で何をしたいと思う？」

「そうですね。ほんの少し戦闘や日常で役立てたいかな」

「その魔力なら、それでいい。だが君が魔法で実現できるのは基礎の基礎だ（敵を倒したいなどとほざいたら、そのまま帰ってもらっていたところだ）」

「水鉄砲みたいなのしか使えないってことですか？」

「いや、それ以下だ」

ドドネアさんがオレを意地悪そうに見据《みす》えた。オレを試《ため》しているのはわかっている。

誰だって自分が培《つちか》った技術を簡単に渡そうとは思わない。

そこを考えると、訓練を頼んでおいて逃げた奴は人間の風上にも置けないな。反省してる。

ドドネアさんがボトルを傾《かたむ》けて、コップに水を注いだ。

「このコップ一杯の水が君のすべてだ（絶望するか？・）」

「十分ですね」

「即答は偉い。褒美として、この水を飲んでいいぞ（そのコップは使用済《ず》みだ。か、間接キス!?　ってうろたえろ、少年）」

「その水が入ってるコップって口つけてません？　だったら遠慮します」

「さすがに傷つくぞ、少年（まだまだ子どもか）」

そういうのはレイトルさんに譲ってくれ。喜んで飲むと思うぞ。

オレの魔力で出来ること。

水ならコップ一杯、地なら石ころ、火ならロウソクに灯《とも》す程度。

風ならそよ風。オレが思っていたよりはマシかもしれない。

「少年がよければ教えてやってもいいが？」

「お願いします」

「よろしい。ではこちらで予定を組んでおこう。ちなみに君の彼女のエフィは将来有望だぞ。嫉妬《しっと》しないようにな」

「ないものをねだるつもりはありません。あと彼女じゃないんで、そこんとこよろしく」

魔法は村に使い手がいなかったし、まったくの未知の世界だ。

不安がないこともないけど、オレみたいな奴はとにかく色々と試すしかない。

今のままじゃレイトルさんにかすり傷を負わせるなんて出来やしないからな。

と、そのレイトルさんがコップの水を飲んでいた。

「ぷはーっ！　あれ？　もしかしてこりゃドドネアとの間接キスかぁ？」

「うむ、コップとボトルは処分しよう」

「ボトルも⁉」

レイトルさんからは色々と教わっている。

こういう大人にだけはならないようにしようと強く決意させてくれるからね。

＊＊＊＊

ドドネアさんから魔法を教わることになってから数日が経《た》った。

どうも魔法というのはオレがイメージしていたものと大きくかけ離れている。

なんか念じてイメージを具現化する、みたいなものを想像していただけに苦戦中だ。

まずは魔力の意識、魔力の理解、魔力の操作。

これらを順にマスターしてようやく次は基礎魔法の構築だ。

人には魔力が宿っていて、常に体を巡っている。

体調不良の時には流れが弱くなることもあって、生命活動と密接な関係があるとのこと。

高位の魔道士ともなれば、遠くから魔力の動きを感知するというのだから果てがない。

「ルオン君、できたー？」

「むずい」

「ルオン君の魔力はなんかふわっとしていて、うねってしてるね」

「捻くれてそうだな」

エフィに助言をもらっているんだが、高度すぎて活《い》かせないのが現状だ。

人によって魔力の流れや質が違うから、自分の魔力の特徴を捉えないといけない。

まずはひたすら目を閉じて瞑想《めいそう》、これをやることによってそのうち魔力に対する気づきがあるらしい。

オレは言われた通りにやっているんだが、依然《いぜん》としてふわっとしてうねっとしたものを感じられない。

「少年、捗《はかど》っているか？（捗っていないな？）」

「思った以上に厳しいですね」

「それはそうだ。少年に魔法の才能などないからな（その魔力では身体強化すらままならんだろう）」

「でしょうね」

お前には才能がないと告げられたくらいでやめるわけにはいかない。追放されるわけじゃあるまいし、めげずにやっていくさ。

これが実現できれば、戦いの幅がグッと広がる。

「エフィ、少年の魔力はどんな感じだ？」

「ふわっとしてうねっとして、ぐりゃってなってる」

「捻くれてそうだな」

なんか付加情報が増えたんだが。

こんな日々を送りつつ、オレはレイトルさんとの訓練も怠《おこた》っていない。

訓練当初は、レイトルさんの技を教えてもらうつもりだった。

だけどレイトルさんはオレに自分独自の技や動きを教えない。

最初こそ不思議だったけどレイトルさんにこんな話をされたことがある。

「お前の場合、今の状況なら体を左に傾けつつ回避して、新しい位置取りをしたほうがいい。お前は蛇腹剣《じゃばらけん》の手数に頼りすぎだ。俺クラスになると、普通に対応できる」

最適な動きは個人によって変わるのだ。例えばオレとレイトルさんじゃ体格や戦闘スタイルが違う。

だからレイトルさんにとって最適なポジションや動き方があるように、オレにとって最適なポジションや動き方があるということだ。

重心のかけ方、間合い。それらをオレなりに見つけなきゃいけない。

ヒドラ戦闘部隊の技をいただくみたいな感覚だったオレがバカだった。

戦いにおいてもっとも重要なのは自分なりの基礎だ。

それを自分でもがきながら見つけて、体に染みこませる。人の数だけ戦い方がある。

それに気づいた時、レイトルさんはこう言った。

「ヒドラには一人として同じ動きや戦い方をする奴はいない」

たぶん町の道場に通ったら、全員に一律同じ基礎を教え込むんだろうな。

剣の型、足取り。一列に並んで一斉に同じように素振《すぶ》りをする。

自分の体格に合った力の入れ方なんかがあるのに。

レイトルさんに言わせれば、その程度の連中が相手なら武器を使うまでもないそうだ。怖いね。

そんなことを思い出しつつ、オレは魔力の感知に挑《いど》んでいた。

オレにはオレのやり方がある。心を無にするより、オレの場合は都合のいい将来を思い描く方がいいようだ。

要するに妄想だ。すると、どうだろう？

より集中できて、ついに変化があった。

抑え込まれるようにして心を無にするよりも、こっちのほうがリラックスできるのかもしれない。

なんともオレらしいと言えばオレらしい。

「ん、なんかふわっとうねっとぐりゃっとしたものを感じた気が……」

「やっと掴《つか》んだな、少年。それがお前の魔力だ（こんなひどい魔力もなかなかないな。面白い。実験に参加してもらうかな？）」

「次は魔力の理解か……」

不穏な心の声をスルーしつつ、オレは魔力の理解を深めた。

これについては簡単だ。ひたすら魔法に関する本を読めばいい。

不思議と内容が頭に入ってくる。魔力を感じる前なら何を書いてあるのかさっぱりだったんだろうな。

魔力というものを肌で感じたからこそ、わかることがある。

ドドネアさんの部屋で読書をしていると、隣でエフィが寝息を立てていた。こいつ、本当に上達しているのか？

次は魔力の操作だ。うねっとぐりゃっとしたものの形を少しずつ変える。

意識できたものを動かす訓練だ。ドドネアさんは、魔力はイメージで動かすと言った。

なるほど。ここでようやくオレが想像していたように、魔力をイメージで動かすってわけか。

「エフィ、手本を見せてみろ」

「てりゃっ！」

エフィが火の球を周囲にいくつも出現させて、回転させた。

意思があるかのように火の球が踊っている。更に途中から水しぶきに変化して虹を作った。

すごすぎて参考にならない。

「魔力の操作は言うまでもなく簡単ではない。例えるなら、首輪をつけた犬に紐《ひも》をつけて自由に操《あやつ》るような感じだ（今のは伝わらなかったか？）」

「不可能では？」

「その不可能を可能にするのが魔道士だ。魔力を躾《しつ》けるという感覚に近いかもしれないな」

「魔力って自分のものなのに難しいんですね」

「体内に流れる血だって自由にコントロールできないだろう?」

しっくりとくる説明、ありがとう。

血の例えをヒントに、オレはまた魔力の感知を深める訓練をした。

血の流れを操ることはできなくても、心臓の鼓動《こどう》を感じることはできる。

そう意識することで、魔力の鼓動というものを感じ取れるようにがんばった。

毎日、寝る前には瞑想を欠かさない。どうぐりゃっとするか、次はどううねっとするか。

それが少しずつ頭の中でわかるようになってきた。理解を深めれば深めるほど、こいつは捻くれてる。

オレが歩み寄っても、こいつらはそっぽを向く。オレが躾けようとしても逃げる。

まるでオレみたいな動きをしやがるんだ。

他人から見たオレってこんな感じなんだなとしみじみと思う。

魔法の修行を始めてから三か月が経った頃、オレはロウソクに火をつけられるようになった。

「アッハッハッハッハッ! ようやくかい! がんばったねぇ! (基礎でこんなに時間かかる奴なんて初めて見た!)」

「なんか嬉《うれ》しくない」

「いやいや、こう見えても私はあんたを認めてるんだよ。普通、挫折《ざせつ》して投げ出すだろ? すごい精神力だよ（実験に相応《ふさわ》しいな）」

「正直、ここまでしてやるほどのものかと思いましたよ。でもここで投げたら台無しですからね」

　この頃にはエフィが派手な攻撃魔法を使えるようになっていた。

　魔法の仕上がりだけなら魔法学院の卒業生と遜色《そんしょく》ないとドドネアさんは評価する。

　それから見たらオレは確かにしょぼい。でもそんなことは関係なかった。

　この魔法でオレが何をどうするか。だから他人は関係ない。

　それに完全に無駄じゃないと証明されたことがある。

　レイトルさんとの木偶訓練で、オレはついにやった。

「うへぇ、髪の毛の先にかすっちまったなぁ」

「レイトルさん、オレやりましたよね？」

「いや、もう少し嬉しそうにしろよな。それにしても、まさかあんな魔法の使い方をするとはな（こいつの成長は楽しみだが、怖いとも思うな）」

「まだまだ練《ね》れますよ」

　かすり傷とまではいかなかったが、レイトルさんの髪の毛にかすらせることができた。

　髪の毛だろうが体の一部だ。これって一応、かすらせたことにならない？　と、ポジティブに捉えている。

　そんな日々の中、オレがいつも通り起床して着替えるとドアがノックされた。開けると立っていたのはシカだ。

「エルドア様がお呼びだ。貴様に新たな依頼がある」

「ごめん、間に合ってる」

と、思わずドアを閉めようとしたけど足を入れられて阻止《そし》された。

顔が怖いって。ちょっとした冗談でしょ？　オレとシカの仲じゃん？

第七章　分不相応な戦いに挑んでしまったようだ

「ルオン君。よく来てくれたね。シカとは仲良くやっているようだね」

「何がどう見えてるんですか、エルドア公爵《こうしゃく》」

オレの冗談のせいでシカの形相《ぎょうそう》がずっと変化しない。完全に睨《にら》みで固定されてるじゃん。

あんなことでいちいち怒ってストレスを溜《た》めていたら、いい人生を送れないぞ。

と、アドバイスをしようと思ったけど悪化する未来しか見えないからやめた。

（殺す）

こんな感じでシンプルにやばいからね。

せっかく尊敬していると言葉にして伝えようと思ったのに、どうしてこうなった。

解決は時間にお願いして、エルドア公爵の依頼とやらを聞こう。

オレがこの屋敷に来た時とは比べ物にならないくらい強くなれたのは、この人のおかげだ。

内容次第だけど引き受けて――ん？

あれ？　これってオレが断りにくい状況が成立している？

実質、ヒドラに入ったようなものじゃ？　公爵様？

「少し見ないうちに見違えたね。あのレイトルも会うたびに君の話ばかりしているよ（ルオンが付き合うならエフィ君がいいが、結婚するならシカと言っていたな）」

「そうですか。あの人にはお世話になってます」

「将来有望だと褒《ほ》めていたよ（エフィ君とシカ、どちらも可能性があるのは確かに将来有望だよ）」

「すみません。本題にいきませんか？」

何を吹き込んでいるんだよ、あのレイトルさんは。上司とすら、そんな話しかしないのか。

「そうだったね。現在、サルクト森林で騎士団の第四部隊がリザードマン討伐《とうばつ》に当たっている。そこに加勢してもらいたい」

「リザードマンですか。トカゲ人間みたいなものですかね？」

「知能と身体能力が高い厄介《やっかい》なモンスターだよ。歴史を紐解《ひもと》けば小国を滅《ほろ》ぼしたこともあるほどだ」

「そんなのにオレが加勢しても力になれるとは思えません」

「いや、君だけではない。今回はシカを派遣する。それにエフィ君やレイトルもいる（ルオン君にとって成長の糧《かて》になるはずだ）」

だったら尚更《なおさら》、オレが出る幕じゃないような気がするんだけど。

オレの成長を考えてくれるのはいいけど、死なない算段はあるのか？

「ヒドラに相応《ふさわ》しい相手ってわけですね」

「そうだ。特に統率《とうそつ》している双尾《そうび》の侵緑主《しんりよくぬし》は過去に騎士団第八部隊を半壊させている」

「そんなに？」

「そんな時のためのヒドラだ。報酬《ほうしゅう》は成果次第だが参加した段階で銀貨二十枚だ、どうかね？（少し多く見積もったがどうだ？）」

「……なんでオレをそこまで買ってくれるんです？」

仕事を引き受けるのは構わない。オレを評価してくれているのも悪い気はしない。

これからの時代にオレみたいなのが必要というのも一応納得した。

だけどそれは戦力とは別の問題だ。

報酬をもらえるのはいいけど、オレは人生においてそこまでお金を重要視していない。

確かにお金は大切だけど、これだって国が滅んだら何一つ意味がないものになる。

オレの人生の目標は裸《はだか》一つでも生きていける力を身に着けること。

エルドア公爵やレイトルさん達には感謝しているけど、これ以上の深入りは少し考えさせてほしい。

「……以前、話した内容では足りないかね？（さすがに少し疑問を抱くか）」

「オレの生き方に共感していただけているのはわかりますよ。だけど自分自身、戦力として役立てるとは思えません」

「君は自分を低く見積もる癖《くせ》があるな。君の長所でもあるが、私は強さというものを単純な形で捉えていない（臆病《おくびよう》な人間ほど生き残る、君はそのままでいい）」

「と、言いますと？」

エルドア公爵が席から立って窓の外を眺める。

背中を向けているこの状況でオレが奇襲をしたとしても、勝てる気がしない。

それほどの人が、オレみたいな田舎者《いなかもの》を評価する意味が知りたかった。

答え次第じゃこの依頼は断るつもりだ。

「単純な話、レイトルは今の君より遥《はる》かに強い。そして今は遠征中だが、ヒドラの中には彼より強い者もいる。これは慢心《まんしん》ではなく、単身でヒドラの一人と戦って勝てる者はほぼいないと思っている」

「となれば名実ともに国内最強ですね。尚更、その中にオレがいる意味がわかりません」

「ここだけの話にしておいてほしい。私は彼らを強いと思っているが、怖いとは思っていないのだ」

「怖くない？　強いのに？」

エルドア公爵が目を細めてオレを見た。オレはゾッとして、思わず二の腕をさする。

「今、怖いと思っただろう？　それは私が君にほんの少しだけ殺気を向けたからだ。あ、怒ったわけではないので誤解しないでほしい」

「寿命が縮《ちぢ》むのでやめてください。漏《も》らすかと思いました」

「ハッハッハッ！　君は大袈裟《おおげさ》だな。私が本気で君を殺すわけがない。それがわかっているからまだここにいるのだろう？」

る。

「確かに……」

エルドア公爵が本気で殺意を抱いたならオレは全力で逃げてる。そして逃げきれずに殺される。

だったらどうするか。オレはそこまで考えていたはずだ。

「このように、君は私を本当の意味で恐れていない。そういう意味でヒドラの連中は怖くないのだよ。強いが、社会の中で良識をもって生きているのだからな」

「オレは違うっていうんですか？」

「誤解を承知で言うが、君はいざとなったら社会の常識を簡単に破る。自分の幸せや生活を誰よりも優先しているのだからね」

「そんな人間だと思われていたなんて……」

「フーレの町で君は自分の利益を優先して、体裁を気にせずあのような手を使った。わからないかもしれないが、普通の人間はまずできないのだよ」

そんなわけないだろ、と言いかけたけどラークを思い出す。

あいつも強いけど、あの冒険者達と同じく対応できずにオレに負けた。

あれはラークのためを思ってやったし、冒険者達に関しては鍛冶代《かじだい》が無料になるというメリットがあったからだ。

大金持ちになる必要はないけど、お金は現時点で必要だからね。

「逆になんでできないのかがわかりませんね」

「世間的評価や相手への敬意、自身のプライド、色々なものが邪魔をするのだよ。だが君はおそらく迷わずにあらゆる手を使っただろう」

「そういうもんですかね」

「一番敵に回してはいけない人間は強い人間じゃない。君みたいな怖い人間なのだ。敵に回すとどんな手を使って殺しにくるか……。平然と寝込みを襲いかねない怖さがある、それが君だ」

「えらい言われようですね」

オレ自身、自分をそこまで凶悪な人間だと思っていなかった。

まだ自覚ができていないだけで、エルドア公爵の言うことが正しいのかもしれない。

そうじゃないのかもしれない。うん、よくわからん。

「私が考える強さとはそういうことなのだよ。だから君は間違いなく強い。何度も言うが私は君を買っている。だからできるだけ君に自分を磨《みが》く機会を与えたいのだ」

「レイトルさんの時点で十分強いですけどね」

「彼は強いが、ああ見えて真面目《まじめ》だからね。自分の技のみを信じて戦うタイプだ」

「なるほど。ああ見えてかっこいいんですね」

オレのことを知る必要があるのはオレだけだ。だとしたらこの依頼、その意味でも引き受けるべきかもしれない。

いろんな経験をして、オレがどういう人間なのか、確かめるべきだ。

「エルドア公爵。依頼を引き受けます」

「ありがとう。これでエフィ君と揃《そろ》って引き受けてもらえたな」

「エフィのことも買ってるんですね」

「うむ。サモンブックに関しても気になる点があるのでね」

ふと見ると、エフィが立ったまま寝そうになっている。

後ろから膝をかっくんしてみたくなるけど、恐ろしい形相の奴《やつ》が支えているから無理だ。ていうかまだ怒ってるの？

「急で申し訳ないが明日、すぐに出立してほしい。必要なものはこちらで手配する」

いつも急だな！　この分だと、すでに荷物なんかも用意しているんだろうな。

オレが本気で断ったらどうなっていたんだ？　あまり考えないようにしよう。

＊＊＊＊

サルクト森林。

王都より南西に位置する熱帯林で、劣悪な環境ということもあって全体の半分以上が未踏《みとう》地帯になっている。

魔物が繁殖《はんしょく》しやすい場所でもあり、特に寒冷地では生きられないリザードマンにとっては快適な場所みたいだ。

刃速《じんそく》の巨王蛇《きょおうへび》がいた森とは比較にならない規模で、ここに討伐隊として派遣されるのを嫌がる騎士も多い。

と、たっぷりと怖いことを聞かせてくれたエルドア公爵には頭が上がらなかった。帰ろうかな。

ようやく森林の中にある野営地に到着した時点で、汗がダラダラだ。

一方、レイトルさんとシカは涼しい顔をして歩いている。本当に同じ人間か？

レイトルさんが野営地に入ると騎士達が気づいて一斉にやってきた。

「まさかレイトルさんか！（勝った！）」

「やったぁ――――！（出たな！　女ったらし！）」

「誰が来るのか心配だったけど、レイトルさんでよかったよ！（媚《こ》び売って女を紹介してもらおう）」

「レイトルさん！　今度、手合わせお願いしますッ！（素行《そこう》は悪いけど実力はヒドラ一だと思ってる！）」

レイトルさん、人気なんだな。過酷《かこく》な状況下にいる厳格な騎士達が揃って群がっている。

ちょっと雑音もあるけど、大半はちゃんと慕《した》っているみたいだ。男の嫉妬《しっと》は怖いね。

「どうどう、俺が大好きすぎるのはわかるが気を抜くなよ。リザードマンは俺でも油断できない相手だからな（ちょっと盛って脅そう）」

「は、はいっ！」

「ところでマークマン隊長は奥のテントか？（最後に会ったのはいつだったか）」

「はい！　奥へ案内します！　ところでシカちゃんはわかりますが、その二人は……？（シカちゃんかぁ。女の子でも子どもはちょっと……ドドネアさんがよかったな）」

「後で紹介する（ここで説明しても面倒なだけだからな）」

おい。この部隊、大丈夫か？　厳格な騎士ともあろうものが、戦力よりも女の好みを優先するのか？

いや、ドドネアさんのほうが強いのかもしれないけどさ。

一応、聞かなかったことにしておこう。ここにいるのは王国の精鋭部隊だからね。

奥のテントに案内されると、隊長らしき中年の人が地図を片手に考え事をしていた。

レイトルさんに気づくと、表情が明るくなる。

「マークマン隊長、久しぶりだな（老《ふ》けたなぁ。確かバツイチだったか？）」

「おぉ！　レイトルか！　君が来てくれたのか！（彼の槍《やり》さばきがまた見られるとは！）」

「俺の他にはシカがいる。それとこっちはルオンとエフィ、冒険者にも来てもらった。まだ若いけど実力は俺が保証する（確か子どもの親権は奥さんに取られたんだよな）」

「冒険者？　まぁ、き、君が言うなら……（いやいや、レイトルとシカだけでいいのだが……）」

心の声で個人情報がだだ漏れです。そんなレイトルさんに、マークマンという中年隊長がペコペコしている。

結構な年齢差なのにフレンドリーで尚且《なおか》つ敬意を表しているように見えた。

騎士達からも歓迎されていたし、ヒドラのメンバーが来るだけで息を吹き返したみたいだ。

まるで英雄を迎え入れたかのような賑《にぎ》わいだよ。

「それでマークマン隊長、挨拶《あいさつ》は程々《ほどほど》にして状況はどうだ？」

「今のところ膠着《こうちゃく》状態だ。こちらは負傷者六十四人、幸い死者はまだ出ていない。残存戦力は二百三十二人。対してリザードマンの数は双尾の侵緑主を含めておおよそ四百匹以上だ……」

「おおよそ二倍近くの戦力差か。よく戦っているよ」

「リザードマンの中には保護色で潜《ひそ》む個体もいて、今この瞬間すら油断ならない……」

マークマン隊長がリザードマンの特徴について話してくれた。

あいつらはオレ達人間と違って、森の中を高い木の上だろうが自由自在に移動できる。

厄介なのが保護色で木の上に潜んだまま、矢で攻撃してくることだ。

まとまって行動していたら矢の嵐に見舞われて小隊が壊滅《かいめつ》したこともあったらしい。

負傷者の中には戦線復帰が難しい人もいて、ジリ貧《ひん》の戦いを強《し》いられている。

それからマークマン隊長はオレ達を部下の騎士達に紹介した。

案の定、なんだこいつら的な雰囲気がオレ達を襲う。

そりゃそうだ。ヒドラに救援を頼んだと思ったら、変な小僧と小娘がついてきたんだからな。

同じ小娘のシカが歓迎されているんだから、大したものだよ。

（なんだ、あの軽そうな兜《かぶと》は……）

（あれでは耳兜ではないか）

（レイトルさんが連れてきたんだから信じたいがな）

ここでも耳兜で定着したみたいだ。

ていうか大半の感想がオレに集中してるんだけど、なんでエフィはスルーしてるんだ？

他人にどう思われようと気にしないけど、エフィだってでかい本を持った変な女の子だろう。

「さもん！　うるふっ！」

「いや、呼び出さなくていい」

子犬みたいなのが野営地に現れたんだから、厳格な騎士達はさぞかし怒るだろう。

なんだそのふざけたものは、なんて怒り出す人が出てきてもおかしくない。知らないぞ。

「きゃんきゃんっ！」

「か、くぁわいい！」

「わぁんっ！」

「なぁにわんちゃん、かわいいでちゅねぇー！」

「わんっ！」

「もふっとしまちょうねー」

いい歳《とし》したおっさん達が子犬みたいなのに群がって、でちゅねとか言い出してる。

そう、この世において重要なのは見た目だよ。

かわいければ、ただそこに存在してるだけで人間が勝手に世話をしてくれる。

これに比べたらオレが求めた一人で生きる力なんて微々たるものだ。

あと前から思ってたけど、あれウルフじゃなくて犬だろ。なんでしれっとウルフ呼ばわりしてるんだ。

「すっかり蚊帳《かや》の外《そと》だな、ルオン。いい気味だ（思い知っただろう？）」

「シカ。オレはお前がそういうことを言う奴だとは思わなかったぞ」

「悔しいか？　貴様の存在など、屋敷を出ればただの耳兜でしかない（しょせんはただの見世物、実力もない腐《くさ》れ三流のド素人め）」

「お前の中でも耳兜で定着してくれたか。嬉《うれ》しいよ」

心の中でひどい言われようだ。今は日が傾《かたむ》きかけているし、本格的な決戦は明日になると言っていたな。

いい機会だから今夜あたり、シカに思い知らせよう。

オレが言われっぱなしの腐れ三流のド素人じゃないってことをね。

＊＊＊＊

その日の夜、ヒドラを含めた上でのリザードマン討伐の会議が行われた。

テントの外では警戒を怠《おこた》らないし、オレだって自慢の耳兜で音を聞き分けている。

今、オレが聞ける範囲に奴らはいない。

一応、マークマン隊長にヘッドホンの神器《じんぎ》の効果を告げたら期待しているよとは言ってくれた。

でもさすがに今日現れた耳兜を信用できるわけがない。

オレのヘッドホンを当てにした作戦が練られるわけもなく、会議は長引いた。

レイトルさんでも一人で相手にできるリザードマンはせいぜい二十匹程度。

それも真正面からの戦いが前提だ。奇襲されることを考慮すれば、もっと数は下がる。

レイトルさんクラスの人間でもそれだから、オレなんかせいぜい一匹を相手にできればいいほうだろう。

レイトルさんとマークマンさんが神妙な顔をして、ずっと話し合っている。

「リーダーの双尾の侵緑主は武器を持たない。木々を縫《ぬ》うように移動しながら、長い爪で奇襲を仕掛けてくる。騎士達が一瞬で三人も戦闘不能になったんだから、その実力はヒドラに迫るかもしれんな」

「森から出りゃ、どれだけの被害が出るかわからんな。各国の英傑《えいけつ》クラスが出張る事態になる」

英傑クラス。単身で国の命運を左右するほどの怪物達。この国ではヒドラのメンバーがそれに該当《がいとう》する。

各国に大体一人から三人程度だけど、ヒドラからは七人。これこそがこの国が他国から恐れられている理由らしい。

基準としては刃速の巨王蛇やこれから戦う双尾の侵緑主みたいなネームドモンスターを単身で討伐できるか。未踏地帯を踏破できるか。

色々あるみたいだけど、要するに人外ってのが絶対条件だ。

双尾の侵緑主はレイトルさんの考察によれば、英傑クラスの実力を有する可能性があるという。


オレ、帰ったほうがよくない？

「ルオンとエフィ、それにシカ。お前らの役割が決まった」

「レイトルさん、オレ達が三人一組ですか？」

「お前らには比較的、リザードマンが少ない一帯を担当してもらう。万が一、双尾の侵緑主を見たら絶対に逃げろ。わかったな」

「わかりました」

シカとエフィ、オレがパーティを組むことになった。

これまでの情報を頼りにして割り出したリザードマンの出没地帯に、それぞれ小隊が送り込まれる。

リザードマンの数や特徴ごとに小隊を組んで派遣して、地道に殲滅《せんめつ》していく作戦だ。

これまでの犠牲や戦いは無駄じゃなかったと言わんばかりに、マークマンさんは自信を持ってオレ達に命令した。

オレ達は当然、最弱組だ。

まぁ要するにレイトルさんの紹介の手前、下手な扱いはできないけど信用もできないからシカに面倒を見てもらうということ。

そんなオレですら気づける意図をシカがわからないわけがない。

会議が終わった後、シカがオレに声をかけてくる。

「貴様、話がある（こいつは何としてでも戦いには参加させん）」

「奇遇だな。オレからも話があるんだ」

「なんだと……？」

テントに戻ったオレとシカはなぜか正座して座る。いや、シカが正座しているからなんとなくね。

「マークマン隊長やレイトルの手前だから了承したが、私は貴様と組む気はない」

「おいおい、さっそく作戦不履行《ふりこう》かよ。二人に言いつけちゃうぞ」

「貴様、自分の実力がわかっているのか？　なぜ依頼を受けた？」

「まずオレにこの依頼を出したのは誰だよ。その人の采配《さいはい》を疑うってことだぞ」

「そ、それはだな……」

シカの視線が泳いだ。こういうところはちょっと面白いな。

オレに絡んでくるだけならよかったけど、一緒に戦うとなれば話は別だ。下らない諍《いさか》いに興じている場合じゃない。

それはこいつが一番よくわかっているはずだ。

シカは一方的に言うのは強いけど、言い返されるのは慣れてないみたいだ。

こうなったら徹底的にやらせてもらう。

「オレ、あまり人に物申すみたいなの好きじゃないんだけどさ。お前はなんでヒドラに所属しているんだよ？」

「そんなもの貴様に教える必要はない」

「別に教えてくれなくてもいいよ。ただエルドア公爵に認められたいだけなら、ヒドラじゃなくてもいいじゃん」

「なっ！」

図星を突かれたとばかりにシカの顔が赤くなる。

どれだけバレたくなかったんだよ。どう見てもバレバレだぞ。たぶん心の声がなくてもわかった。

「あの人に認められるだけなら、ヒドラに拘《こだわ》る必要ないだろ」

「き、貴様に何がわかるッ！」

「知ってるよ。家を追い出されたから見返したいんだろ？」

「な、なぜ、それを……」

「お前、脇が甘すぎなんだよ」

誰から聞いたとは言わない。

「見返すだけなら、何でもいいだろ。例えば別の仕事を一生懸命やって成果を出せば、ヒドラじゃなくてもあの人は認めてくれそうな気がするよ」

「そ、そんなはずはない！　あのお方の近くにいて、認められなければ意味がない！」

「ヒドラってこの討伐作戦みたいに、やばいこともやる組織なんだろ？　あの人のために、なんて動機が常に付きまとっていて務まるのかよ。あの人ならこうしたら喜ぶとか、そんなことばかり気にして行動するってことだろ？　いつか死ぬぞ」

「う、うぅ……」

効いてる、効いてる。いつも言いっぱなしの人間はこういう場面で弱い。

ラークはたまにオレが言い返したら烈火のごとく怒り出したけど、あれは効いてる証拠だったと今は思う。

誰かのために戦うなんて聞こえはいいけど、裏を返せば自分以外の何かに依存《いぞん》している。

もしその何かが何らかの形で壊れたら？　だからオレはオレのために戦う。

大切なものを守る強さもあるのかもしれないけど、シカの場合はそうでもないように見えた。

認められたくて、先走って死に急ぐ。そんな雰囲気があった。

「ヒドラがどれだけ重要な機関で危ない仕事をしているのかわかっているんだろ？　些細《ささい》な判断ミスが命取りになるかもしれないんだぞ？　そうなったらエルドア公爵はお前を認めるのか？」

「わ、私は、いつだって完璧だ……」

「そう言い切れるのか？　ヒドラにはお前より強い人間がいるんだろ？　そいつらはお前みたいにエルドア公爵ありきで戦っているのか？」

「知らない……」

もういいかな？　シカのメンタルはとっくに限界を迎えている。

涙目になってふるふると震えているから少しかわいそうになってきた。

さっきから心の声と実際の声もほとんど一致してる。

「家族は知らんけど、エルドア公爵はお前を認めているよ。オレみたいな一番弱い奴とお前を組ませたんだから、信頼されているに決まってるだろ」

「そう、なのか？」

「だからお前もオレを信頼してくれ……とは言わないけどさ。オレのことは気にしなくていいから、自分の戦いに集中してくれ。そのほうが強いんだろ？」

「……言われなくても、そうしてやるつもりだ」

ゴシゴシと腕で涙を拭いたシカだけど、膝に視線を落としたままだ。

オレは組織に所属している人間の事情には疎《うと》いし、割と適当な発言をしているという自覚はある。

何かを守るため、誰かのために戦う人間の強さってのもあるかもしれない。だけどオレには理解できないというだけの話だ。

「ルオン君！　野営地のご飯、すっごいまずいの！　やばいよ！」

「エフィ、そういうことは大声で言うものじゃない」

空気をぶち壊すかのようにエフィが登場してくれた。

これ良しとばかりにオレは腰を上げてテントの外へ出る。

「シカ、メシを食って明日に備《そな》えよう」

オレが声をかけてもシカは動かなかった。やばいな、これ。

このままメンタル壊れたままだったらオレの責任じゃん。

リザードマンを討伐してもオレがエルドア公爵に討伐されかねない。

閑話二　ラークの友人

「ラーク！　立てぇ！」

王国騎士団第三部隊に配属されてからの俺は、ほとんど気が休まらない。

早朝から俺は部隊長のビルクさんのしごきを受けて、立ち上がることすら困難になっている。

足腰に力を入れて立て、ラーク。そうしないと、またぶん殴られるぞ。

「くっ……！　も、もう一回、お、お願いします！」

「よし！　では行くぞ！」

部隊長のビルクさんはめちゃくちゃ厳しい人だ。

俺達、騎士は善良な王国の民を守るために訓練を欠かさず行っている。

俺達は王国の盾であり、顔だ。他国の重鎮《じゅうちん》が真《ま》っ先《さき》に目をつけるのが騎士達だとも言われた。

騎士の素行《そこう》一つでその国の品位がわかるというものだ。そういった精神を日頃から叩《たた》き込《こ》まれている。

一日の始まりはこうだ。日が昇る前、早朝の鐘《かね》が鳴ったと同時に起床。

布団を手早く畳《たた》んで正座、そのまま小隊長が点呼《てんこ》を取る。朝食を三十分で食べ終えて、早朝の訓練を開始。

柔軟体操の後、走り込みと素振《すぶ》り五百回。あらゆる筋力トレーニングを終えた後は模擬戦だ。

ランダムでの組み合わせで模擬戦を行って、勝ったほうも負けたほうも反省会をさせられる。

皆の前で発表をした後、ビルク隊長がダメ出しをするんだ。

その中で特によくなかった人間はビルク隊長自らがこうやって相手をしてくれる。

「貴様、毎度のことながら軸足《じくあし》がぶれている！　力任せに動くなと何度言えばわかるッ！」

「すみませんッ！」

「貴様が後れを取るたびに民が一人死ぬと思え！　貴様は今、一人殺したのだ！」

「はいッ！　肝《きも》に銘《めい》じます！」

そう大声を出しつつ、俺がふらついたのをビルク隊長は見逃さなかった。ギロリと睨《にら》まれた時にはもう遅い。

「この程度で立っていることすらできんのかッ！」

「す、すみませんッ！」

「貴様の今の油断で民が一人死んだ！　何人、死なせれば気が済《す》むッ！」

「すみませんッ！」

こんなに罵声《ばせい》を浴びせられている俺を同僚達は黙って見ている。

なんて不甲斐《ふがい》ない奴《やつ》だ、と思っているんだろうな。全員、俺より年上で実力もある。

だからどんな風に思われても構わない。だけど最近は――ちょっときついかな。

「いいか！　貴様のエクスカリバーなど添《そ》え物《もの》だ！　私もスキルに頼り切った戦いはあまりしない！　最後にものを言うのは己の精神と体力だ！」

「はいッ！」

こうして訓練日は朝から日が落ちるまで、ずっと怒鳴られてヘトヘトだ。

騎士団の宿舎にある自室のベッドに倒れ込んだ俺はしばしば自分の人生について考え直す。

俺は今、何をしているんだ？　エクスカリバーを授《さず》かって出世するんじゃなかったのか？

村を出る前の俺なら今頃、とっくに騎士団内で確固たる地位を築いていたはずだ。

ふらふらと立ち上がって俺は鏡を見た。ひどい顔をしてやがる。

こいつ、確かルオンになんて言ってたっけ？　お前は一生を村で終えるとかなんとか言ってたよな。

果たして俺は出世なんて出来るのか？

これなら村でバンさんに褒《ほ》められながら、剣を振《ふ》るっていたほうがよかったんじゃないか？

「クソッ……！」

ルオンの野郎が鏡の向こうで笑った気がした。今の俺を見て、あいつはなんて言うかな。

そもそも俺はあいつに負けたんだ。あの戦いこそがあいつそのものなんだろうな。

目標のためには手段を選ばない。プライドもクソもない。

周囲にどう思われようが気にしない。それこそがルオンの強さだ。

俺はそんなルオンの実力に薄々気づいていた。だから悔しかったんだ。

あいつならその気になれば、出世でも何でもできる。それでいてあいつに大した欲はない。

剣の腕じゃ確かに俺のほうが上だった。だが言ってしまえばそれだけだ。だから俺は負けた。

じゃあ俺もあいつみたいにえげつない手を使うか？

「へっ、冗談だろ」

あんなのは剣で勝負できない負け犬がやることだ。俺はあんな奴とは違う。

ああいう手を使ってくる奴も圧倒してやる。俺はそう思い直した。

「ラーク、ちょっといいかい？」

「アストンか。どうした？　入っていいぞ」

俺の部屋を訪ねてきたアストンは二つ上の先輩だ。

二年前に騎士団の入団試験に合格して俺と同じようにしごかれている。そこそこの家柄《いえがら》みたいで、村出身の俺にはない品格がある気がした。

俺も村出身の田舎者《いなかもの》とはいえ、ルオンと一緒に村長に礼儀を叩き込まれている。

最初は敬語で話したものの、歳《とし》は大して変わらないから普通に話していいと言われて以来の仲だ。

「体は大丈夫かい？」

「なんとかな。お前こそ、今日の模擬戦の相手はニケルさんだっただろ？　あの人も容赦《ようしゃ》ないだろ」

「ビルク隊長よりはマシだよ。それに昨日は深酒をしたみたいで、ちょっと調子がよくなかったみたい」

「それビルク隊長にチクったらとんでもないことにならないか？」

俺とアストンはニヤリと笑う。

俺を心配して、アストンが時々来てくれていた。

いいところのお坊ちゃんだから嫌な奴かと思ったけど、ルオンとは違って不思議と対抗意識が湧《わ》かない。

貴族なのに何かと世話を焼いてくれる奴だ。

「ビルク隊長はたまにやりすぎるからね。奥さんの尻にしかれていて、その鬱憤《うっぷん》もあるんだろう」

「奥さんが後方支援部隊の衛生班だろ？」

「知ってたんだね。悪鬼みたいな人だって有名だよ」

「そりゃ後方支援部隊も穏《おだ》やかじゃねーな。前衛の悪魔、後衛の悪鬼で俺達の逃げ場ないじゃん」

「アハハハハッ！」

アストンは入隊した頃、誰も話せる奴がいなかったそうだ。その心細さを知っているから、俺に接してくれる。

こいつがいなかったら俺はどうにかなっていたかもしれない。俺が踏ん張れているのは結局、他人のおかげなんだな。

　エクスカリバーだの、神器《じんぎ》一つで人生が決まるほど甘くない。こうしている時間が唯一の癒《いや》しだった。

　だからこそ、サナの奴にこいつだけは絶対に紹介しない。いいところのお坊ちゃんなんて聞いて、あいつが何もしないわけがないからな。

「ラークはさ。もっと俺以外の人と話したほうがいいよ。俺も入隊した頃は怖そうな人達ばかりだと思ってたけどさ。意外とそうでもないんだ」

「そうかぁ？　いっつもうんこ踏ん張ってそうな顔してるようなのしかいないじゃんか」

「皆、ああ見えて心配してるよ。ビルク隊長だって不器用だけど、ラークに期待しているんだよ」

「ウッソだろ？」

「中隊長のグレイさんと小隊長のディッシュさんも昔はあの人にしつこく模擬戦をさせられたらしいよ。何度も泣かされたってさ」

　ここに来てから、俺はプライドなんてバッキバキにへし折られた。今更、見込みがあるなんて言われても実感が湧かない。

　だけどアストンにそう言われると少しは気が楽になる。

「そうだ。今度、ビルク隊長に頼んで飲み会をしよう」

「はぁ⁉　冗談だろ！」

「大丈夫だって。ビルク隊長だって普段は意外とひょうきんなおじさんだからね。だけどあの人は仕事に徹《てっ》するあまり、そういう新人のケアみたいなのが苦手なんだよ」

俺は少しの間、考えた。こいつがそういうなら、と思えてくる。

そして何より俺が驚いたのはこいつだ。

「お前さ、おっさんみたいに大人びたものの見方してるよな」

「家を出る前は両親や親戚達のつまらない酒の席に座らされていたからね。あれのせいで二十歳くらい老《ふ》けたんじゃないかな？」

さすが家柄が違えば考え方も違う。貴族ってやつはこういうところも平民と違うのかと勉強になった。

おかげで元気をもらってるけどな。

第八章　これが窮鼠猫を噛むってやつ

翌日、オレ達は指定された場所に赴いた。

オレ達が任された場所はサルクト森林の中でも比較的、木々が少ないところだ。

確かにここならリザードマンから地の利を活《い》かした奇襲を受けにくい。

倒木がやや目立つけど視界は良好、それに音も拾いやすい。

騎士団のおかげでリザードマンは着実に数を減らしているけど依然《いぜん》、四百匹以上いる。

こいつらは頭がよくて狡猾《こうかつ》だから、ひとたび人里に出れば町ごと乗っ取られる可能性があった。

持っている武器も人間から奪《うば》ったものだ。それを悠々《ゆうゆう》と使いこなしている時点で、戦闘の適性は人間様より高い。

少なくともオレより素質《そしつ》あるよ。だってあいつら、生まれた瞬間から誰から教わらずとも戦えるんだからね。

そう考えるとモンスターってやばい。マジでやばい。

「シカ、調子はどうだ？」

「……あんなことをしておいて、よく話しかけられるな（頭がおかしいのか？）」

「誤解を生みそうな発言はやめてくれ。で、調子はどうだ？」

「自分の心配をしろ」

答えてくれてもいいのに。でも前だったら、もっと辛辣《しんらつ》に言い返されてた気がする。

オレも仲良しごっこをしたいわけじゃないから、どうしても無理なら話さなくてもいい。せめて今回の討伐戦《とうばつせん》に支障《ししょう》をきたさないでくれたらね。

「ねーねー！　ルオン君とシカって仲直りしたんだね！」

「元々ケンカはしてないぞ」

「そっか。シカちゃんが一方的にムキになってるだけだもんね」

「お前、よくそれ言えるな」

ほら、シカにじっとりと睨《にら》まれた。オレも大概《たいがい》、他人のことは言えないけどさ。

でも今は殺意のようなものはこもってない。たぶん。

「下らん話ばかりしていないで、少しは警戒しろ」

「ごもっとも。そろそろ来るな」

複数の独特の音が近づいてくる。人間の歩幅よりも遥《はる》かに広く、爪が地面や木に食い込む音。

数は七匹。いや、多すぎ。オレが一匹で、エフィが二匹。シカが四匹ってところか。何の問題もないな。

「フンッ！　トカゲが！」

シカが走り出した。身軽な動きで倒木を踏んでから跳んで、木の枝に飛び移る。

そしてちょうどシカに足場を奪われたリザードマンが短刀によって首元を斬られた。

一瞬の早業だ。着地と同時に的確《てきかく》に急所を斬っている。

「二匹いったぞ！」

シカがわざわざ教えてくれた。向かってきたリザードマンはそれぞれ剣と槍《やり》を持っている。

その動きは当然、速い。ブラストベアみたいな粗暴《そぼう》さも無駄もない。

刃速《じんそく》の巨王蛇《きょおうへび》みたいな不規則《ふきそく》な動きでもない。ただ純粋に目標に向かって刺しにくる。

モンスター版ソルジャーって感じだ。ちなみに強さでいうと、前に戦った風穴《ふうけつ》の虎《とら》の三人より余裕で強い。

「コールドアロ――――ッ！」

エフィが氷の矢を撃ち出した。真正面からそれを受けたリザードマンが全身を撃たれて仰向《あおむ》けに倒れる。

氷の矢が刺さり、ピクピクと痙攣《けいれん》して起き上がらない。魔法とはいえ、刺さった箇所も急所ではない気がするけど。

あぁそうか。いわゆる弱点ってやつか。モンスターの中にはそういう苦手なものを持つ種族も多い。だから魔法は強い。

「二人とも、やるなぁ。で、オレはどうするかというと……」

ふぅ、と息を吐いた。どうもこうも、こうするだけだ。

「ストーン」

「ギギャッ⁉」

リザードマンの足元にオレは魔法で石を生成した。突然の石の出現に対応できず、リザードマンは躓《つまず》いて転ぶ。

そこを蛇腹剣《じゃばらけん》で首を狙い切断。ドドネアさんのところでの修行の成果だ。

大した魔力がなくても、できることはある。

エフィみたいに氷の矢を生成できなくても、ほんの少しの質量さえあればいい。後はどう使うかだ。

「……モンスターに同情するな（呆《あき》れてものも言えん）」

「ストレートに褒《ほ》めてくれ、シカ」

スマートじゃなかろうが、オレにとっては結果がすべてだ。

かっこ悪かろうが、モンスターを討伐できたんだからそれでいい。

今のオレにはリザードマンの動きが手に取るようにわかる。

レイトルさんとの訓練で動きの無駄が減ったおかげで、相手の動きを見たり聞いたりする余裕が生まれた。

つまりヘッドホンで、より深く音を聞きとれている。

続けざまに向かってくるリザードマンがやや遅く見えた。こいつにはこうだ。

「アイス」

体をのけ反《ぞ》らせるほど、氷の冷たさに驚いているリザードマン。そんな隙《すき》を見逃すわけがない。

リザードマンは気温が低い場所で生息できない。つまり寒さや冷たさには敏感《びんかん》だ。

リザードマンの首筋に氷の粒《つぶ》を落としてやった。

「ギャッ!?」

「冷たかっただろ、ごめんな？」

蛇腹剣を水平に振って、リザードマンの目を斬り裂く。

ヘッドホンが伝えてくれた音でオレは今、こいつらのどこを切れば止《とど》めになるかわかった。

蛇腹剣をくいっと動かすと、リザードマンの胴体が切断された。

相手の重心や力の入れ方によって筋肉の繊維《せんい》が集まる箇所やそうでない箇所がわかる。

脆《もろ》くなっている部分に刃《やいば》を入れてやれば、切断するのは簡単だった。

「ふぅ……まさか二匹同時に相手できるとはなぁ」

「ルオン君、すっごい！」

「オレだってやる時はやるんだよ。さて、シカは？」

シカは残りのリザードマンを相手取っていた。突如《とつじょ》、リザードマンの背後に黒い人影が立つ。

それはシカのシルエットに似ていて、リザードマンの背後から斬り裂いた。

なんだ、あれ？　シカは縦横無尽に動くけど、黒いシカは一定の場所から動かない。

よく見ると、黒いシカはリザードマンの影から出てきていた。

「あれってスキルか？」

「スキル【影操《えいそう》】だってー。自分の影を操ることができるけど、影がないと使えないんだって」

「それはシカが言っていたのか？」

「うん」

「いつの間にか、そういうことを話す仲になっていたのか」

エフィにはそういうことを話すんだな。というかこういうスキルって軽々しく話していいものか？

ましてやエフィだぞ？　オレにすらベラベラと喋《しゃべ》ったぞ？

「意外だな。あいつの性格を考えれば、スキルの詳細を隠しそうなものだけど……」

「すでに周知だ」

「わお、ビックリした。もう終わったのか」

「貴様のように回りくどい戦いをする必要などないからな（これで少しは実力差を思い知っただろう）」

思い知ったも何も、最初からシカのほうが強いと認めているんだが。影操は名前の通り、影を操るのか。

うん。どこに追放される要素がある？　全方位から見てもクソ強いじゃねえか。

いや、スキルを活かすために訓練したんだろう。

きっと最初は影をほんのちょっと動かす程度だったに違いない。

だってオレの村に来た神官が言っていた。サナの回復スキルは成長すれば踊っただけで周囲を癒《いや》せるようになる、と。

そう、スキルは本人の努力次第で成長する。シカの影操も成長したんだろう。

そう思うと褒めてやりたくなった。

「シカ、がんばったんだな」

「なんだ、貴様。今更、ご機嫌取りか？（昨日はしてやられたが、今日はそうもいかん）」

「そうカリカリするなって。お前のほうが努力してるし強いってわかってるんだよ。これでも尊敬してるんだぞ？」

「そ、そんけーだと⁉」

いや、なんで急に武器を構え始めるんだよ。何か裏があるとでも思ったのか？

「シカちゃん。ルオン君はちょっとおかしいけど、ウソは言ってないと思うよ」

「ちょっと？　極限までいかれているだろう」

なかなか信用されないものだな。

だけど最初の時よりは少しだけまともに会話をしてくれるようになったと思う。

仲良しごっこをしたいわけじゃないけど、誤解は解いておかないとな。

＊＊＊＊

オレ達がリザードマン討伐を始めてから四日が経過した。

あれから指定されたポイントでリザードマン討伐をして、三人で合計四十七匹討伐。

各小隊は平均十四。レイトルさんは単独で百匹以上。一人だけ格が違う。

レイトルさんの場合、他に仲間がいるほうが戦いにくいらしい。

例えるならドラゴンがお供にゴブリンをつれているようなものだ。

逆に邪魔だから、それなら最初から一人で戦ったほうが効率がいい。

オレとしてはレイトルさんの戦いを見たいけど、足手まといになるのはわかっている。

全員がヘトヘトで、下手したら食事も口にできないほど疲弊しているのにあの人だけ平気で平らげるからな。

見ているこっちの食欲までなくなる。

「この四日間で多くのリザードマンを討伐できた。が、しかし。肝心《かんじん》の双尾《そうび》の侵緑主《しんりょくぬし》が未《いま》だ発見できていない」

「マークマン隊長。強い奴《やつ》ほど臆病《おくびょう》で用心深い。逃げられる前に手を打とうぜ」

「と、言うと？」

「少しずつこちらの数を減らす。戦力が少なくなれば、勝てると踏んで奴も尻尾を出すはずだ」

リザードマンの戦力も大半が削《そ》がれているからこそ、やるしかない。

そんな風にレイトルさんが熱弁した結果、一日ごとにこちらの数を減らしていくことにした。

双尾の侵緑主だけじゃない。他のリザードマンだって勝ち目がないとわかれば逃げるはずだ。

オレだったら初日で逃げている。それに各騎士の疲労や怪我《けが》もあるから、休ませるのも重要だという。

今日から小隊を減らして、オレ達は待機を命じられた。

レイトルさんの配慮だと思う。それならそれでありがたい。と、思っているのはオレだけだったみたいだ。

「レイトルはいつも私の力をみくびっている（敵《かな》わないのは事実だが解《げ》せん）」

「違うだろ、シカ。認めているからこそ温存している。いざという時に動いてもらうためだ」

「む、それは……。貴様の分際にしてはなかなかの着眼点だ（少しはわかっているようだな）」

「普通に生きてたら、貴様の分際とか言われる機会ってそうそうないよ」

案外、扱いやすくて面白い。あまりからかいすぎると面倒だから、加減が難しいんだけどね。

待機といっても、ただジッと過《す》ごしているわけじゃない。

野営地でもオレは自主訓練を欠かさなかった。といっても体力を消耗《しょうもう》するようなものはNGだ。

今はいざという時に動けないとまずい状況だから、瞑想《めいそう》をして少しでも魔法の効果を高めようとしている。

他にも騎士達から野営に必要な技術や場所なんかを聞くことができた。

相手は歴戦のプロ、色々なところで戦ってきた経験がある。

中には極寒の地で戦い抜いた話もあって、そんな場所でも野営をするみたいで感心した。

そんな話を聞くのもいい訓練になる。それこそがオレが求めていたものだ。

いざとなったら極力、人の文明に頼らずに生きていける方法。

こういうものはオレ一人じゃなかなか答えは出せないからな。

「チッ、今日も逃げられたみたいだ」

レイトルさん達が帰ってくるたびにいい成果を期待したけど、相変わらずみたいだ。

もしかしたら双尾の侵緑主はとっくにどこかへ逃げたんじゃないかという話すら出る。

強い奴ほど臆病。もしそうだとしたら、双尾の侵緑主とオレは似ているかもしれない。

いや、オレは強くないけどさ。仮にオレが双尾の侵緑主ならどうするかな？

レイトルさんみたいなのとは戦いたくないから逃げる。

だけどあいつらが住める環境は限られているから、簡単にここを手放さないはずだ。

じゃあ、どうするか？　隙を見て向かってくるだろうな。

オレは少しだけ警戒した。夜、寝る時もヘッドホンを外さない。

更に数日が経過していつものようにレイトルさん達が森に入った頃だった。

「シカ、何かおかしくないか？　森の木々がざわついている」

「……何か来るというのか？（ふざけた奴だが、こんな時にふざけたことは言わん。どういうことだ?・）」

遠くから聞こえる爪が木や土に食い込む音。その音があまりに鋭く、明らかに他のリザードマンとは違う。

それも一目散にここを目指しているとわかった。

「シカ、お前の口から野営地を警戒してくれと騎士達に伝えてくれ」

「……わかった」

意外にもシカが言う通りにしてくれた。少し前のオレの言葉なら信用してくれなかったと思う。

「エフィ、ケットシーを呼び出しておいてくれ。少なくとも怪我人が出る」

「ど、どーして？」

「奴が来る」

オレが双尾の侵緑主だったらどうする？　少なくともレイトルさんとは戦わない。

かといって、この場所を手放すのは嫌だ。じゃあ、オレだったらまずは様子見をするな。

どういう奴らがいるのか。誰が一番強くて、どういう動きをするのか。

観察すれば弱点が見えてくる。誰が一番強いのかがわかれば、一番弱い奴がわかる。

何も一度に全員を殺す必要はない。まずはこちらから動きを見せずに泳がせる。

泳ぎを見て全体の動きを把握すれば、隙が見えてくる。その隙が今だとしたら？

レイトルさん達が森に入って三時間、簡単に戻ってこられるような場所にはいないだろう。

「来やがった！　皆！　双尾の侵緑主が来る！」

シカが予《あらかじ》め呼び掛けておいてくれたおかげで、騎士達は警戒態勢だ。

奴が来る方向を指し示すと、騎士達は武器を構える。

「来る！　やばいのが来る！　帰りたい！」

そう叫んだところで相手は待ってくれるわけがない。野営地に何かが飛び込んできた。

太陽の光に照らされたそいつは一瞬だけ悪魔のシルエットに見える。

クソ長い爪と二つの尾。細く長い舌だけがくっきりと印象的だ。

「で、出たぞぉ！」

騎士の一人が叫ぶ。着地したそいつは黄色の目をぎょろりと動かす。

その大きさは成人男性の約二倍、オレ達が今まで討伐してきたリザードマンと同じ種とは思えない。

緑というよりドス黒い鱗《うろこ》に覆われたそいつは、見た目だけで命の終わりを感じさせてくれた。

冗談じゃない。エルドア公爵《こうしゃく》はなんでこんな化け物がいると知っててオレに依頼した？

「撃てぇ――――！」

騎士達が双尾の侵緑主に矢を放った。四方八方からの矢の嵐だ。

そんな逃げ場がない状態で、双尾の侵緑主はいとも簡単に長い爪で矢を叩《たた》き落《お》とす。

おいおい、化け物ってレベルじゃないぞ。

ヘッドホンで音を聞いても、隙なんかまったくない。

少なくとも今のオレじゃ無理だ。

「はぁぁぁぁッ！」

シカが率先して双尾の侵緑主に挑《いど》んだ。

あまりに激しいその攻防はとても入り込む余地がない。

あれと互角にやり合うって、シカもやっぱりヒドラだな。

「ル、ルオン君！　どーーしよぉぉ！」

「さて、どうするかね」

迂闊《うかつ》に攻撃しようものなら、あのトカゲはオレに向かってくる。その時点でオレは死んだも同然だ。

つまりチャンスは一回、シカがもたせているうちに打開策を考えないと。

「かかれぇ――――！」

騎士達も一斉に双尾の侵緑主に挑んだ。

＊＊＊＊

シカと騎士達の猛攻《もうこう》が始まった。

一対多数なのに、双尾の侵緑主は長い爪でまとめてさばいている化け物っぷりだ。

ここでオレも一緒に戦わなければいけない衝動に駆られる。が、オレには作戦があった。

オレがいくらレイトルさんに鍛《きた》えられたとはいえ、あの化け物と近接戦でやり合ってもおそらく一分ともたない。

言ってしまえば、シカと騎士達がオレにとっては上の存在だということ。

とはいえ、さぼっているのも確実に心証が悪い。

大声を出してオレの意図を伝えるべきか？　もしあの化け物が人間の言葉を完全に理解していたら？

刃速の巨王蛇の時は考えもしなかったけど、モンスターの中には人間の言葉を理解する個体がいても不思議じゃない。

「エフィ、今はまだ手を出すな。あいつに聞かれないように作戦を伝える」

「なになに？」

この戦いの鍵は厚かましいだろうけどオレ達だ。このまま全員で一斉に挑んでも押し負ける。

ハッキリ言ってあいつはそれほどの相手だ。

マークマンさんが、あの化け物がヒドラクラスだと言っていたのは過言じゃないかもしれない。

あいつの音を聞いているだけで耳ごと切り裂かれる感覚に陥《おちい》るほどきつかった。

「……わかったか？」

「うん。なんとなくわかった」

エフィが本当に理解したのかは疑わしい。なんとなくじゃダメなんだよ。

だけどレイトルさん達が気づいて戻ってきてくれる保証はない。

オレ達が生き残る方法はただ一つ。ここでこいつを仕留めることだ。

「オレはじっくりとあいつの音を聞く……」

鍛えられたとはいえ、オレとあの化け物の実力差は歴然だ。

格上の音は吐き気と頭痛を引き起こす。腰に下げていたボトルに口をつけて水を飲んだ。

「ぷはっ……。はぁ、なんでこんな依頼を引き受けてしまったんだか」

「後悔してる？」

「めっちゃしてる」

――君は自分を低く見積もる癖《くせ》があるな。

――強い奴ほど臆病で用心深い。

頭の中で色々な言葉を反芻《はんすう》させた。

あのエルドア公爵はオレを評価している。

出世なんてまっぴらごめんだけど、あれほどの人に言われたならオレには成長の可能性があるってことだ。

だったら成長してやる。なんたってオレは臆病だからな。

誰が強者にまじってあんな化け物に挑むか。

「シカちゃん、負けそうだよ？」

「まだだ、シカを信じろ。お前は魔力を集中させてくれ」

シカの影操をもってしても止まらないのかよ。

あの化け物一匹だけで国を滅《ほろ》ぼせるんじゃないか？

騎士達も傷つきながらも、ケットシーの回復のおかげでまだ粘っている。

あのトカゲ野郎、ずいぶんと楽しそうだな。

自分がオレ達に殺されるなんて微塵《みじん》も思ってない。

お前、臆病なんじゃなかったのか？　あぁそうか。

オレだって風穴の虎の三人に勝てると確信していたもんな。同類だったわ。ごめんな。

「はぁ……はぁ……。す、隙がないな……」

「ルオン君、大丈夫？」

エフィに返事をする余裕すらない。確かに隙がない。いや、違う。

正確には今のオレじゃ、あのレベルの化け物に対する隙なんて見つけられないってことだな。


だからこそ、だ。だからこそいい。


隙がないなら隙を作るだけだ。

あいつがシカと騎士団を相手にすればするほど、やりやすくなる。

その時だ。シカがいい一撃をもらってしまった。

「くっ！　影が、捉えきれん……！（レイトルなら善戦できたかもな……私では……）」

シカの心が折れかけているな。あまり時間はかけられない。

そろそろか？　オレは集中して双尾の侵緑主の音を聞いた。

頭がガンガンと痛くなる中、オレは蛇腹剣を握りしめる。

まずい。このままじゃ作戦の前にへばってしまうな。

やるか。化け物、お前はオレみたいなクソザコに文字通り足をすくわれるんだよ。

「エフィ、チャンスは一回だ。タイミングを合わせろよ」

「うん、うん……！」

オレは魔力を集中させた。ちょっと距離は遠いけど、やるしかない。

「トカゲ野郎！　こっちだ！　バーカ！」

シカと騎士達、双尾の侵緑主がオレ達を見た。特に双尾の侵緑主は完全にオレとエフィを捉えている。

「ルオン！　何を！」

「オレを信じろ！」

シカに叫ぶ。双尾の侵緑主が走り出した。

だけどさっきまでシカ達とやり合っていた時のリズムが崩れていない。

これはどういうことか？　レイトルさんがいつか教えてくれたことを思い出す。

——戦いにはリズムがある。
相手の動きを読んで、次の手を読む。
攻撃や防御、回避のタイミング。
お互いが白熱するほど無意識のうちにリズムを刻《きざ》むんだ。
お前の神器《じんぎ》はきっとそいつを掴《つか》んでいるんだよ。
そいつのリズムを、より音として捉えろ。
そうすれば、お前に敵はいなくなる。なんてな。

なんてな、じゃないんだわ。自信を持ってほしい。
今のオレには、あいつのリズムに合わせて戦うなんて無理だ。
だけどあいつにはシカ達と戦っていた時のリズムがある。
オレはそいつをずっと聞いていた。だからあいつが次にどの足場を踏むか。
そのタイミングをずっと読んでいた。そう、たったそれだけでいい。
「アイス！」
双尾の侵緑主の足元、地面の一部が凍《こお》った。
ちょうどそこに双尾の侵緑主の足が置かれた時だ。
オレが読んだあいつのリズムにドンピシャにはまってくれた。
さすがの化け物も、急にリズムを変えるなんて無理だったみたいだな。

「ギギャッ⁉」

双尾の侵緑主が見事に仰向けに転《ころ》んだ。

シカや騎士達と夢中になって戦っていなかったら、あいつもこんな手には引っかからなかっただろう。

あとはエフィ、頼む。

「コールドアロォ――――ッ！」

エフィが溜《た》めに溜めた魔力で撃ったコールドアローが双尾の侵緑主めがけて一直線に放たれた。

転んだ直後の双尾の侵緑主がさすがに回避できるわけもなく、見事に直撃する。

「ギギャアアァ――――！」

冷気に弱いなら、こいつは効いたはずだ。

オレはすかさずあのトカゲ野郎の懐に飛び込んで、蛇腹剣を振るう。

冷気でもがいていたトカゲ野郎の首元が綺麗《きれい》に裂かれた。

「ゲ、ゲ、ゲアァ……！」

「さすがに死んだだろ？」

ぶしゅぶしゅと血を噴き出しながら、双尾の侵緑主が痙攣している。

ダメ押しのもう一発、と思った時だ。トカゲ野郎が上半身をバウンドさせて起き上がった。

「ウソ、だよな？」

「ゲゲ、ゲ、ゲ、ゲェギギギギギァァ……！」

マジモンの化け物じゃねえか！

こいつの一番の急所は確かに首だ。音が教えてくれたはずだ。

考えられる答えは一つ、こいつが化け物すぎる。

人外なんだから急所を斬られたくらいで即死するわけがなかった。

「やっちまったよ」

オレは死を覚悟した。手負《ておい》いとはいえ、オレが手を出していい化け物じゃなかったってわけだ。

オレが死んでも、シカがなんとかしてくれるか。この傷ならさすがに一斉にかかれば殺せる。

ごめんな、皆。

「ギギャァ――――！」

「うるせぇな」

聞き覚えのある声が聞こえた。まさか。

「ギァアァッ！」

トカゲ野郎の片腕が消えた。その背後に立つのは槍を構えたレイトルさんだ。

突きを繰り出したのか？　なんで腕が消えた？

「レイトルさん！」

「謝罪はあとでさせてくれ」

トカゲ野郎はレイトルさんに向き直ると、飛びかかった。

お？　あっちに向かっていくのか？　あぁ、わかった。

怒りで我を忘れているんだな。訂正しよう。お前は臆病なんかじゃないよ。結局、ただの怪物だよ。

「手負いで俺を殺しにかかるとか危機感ねぇなぁ」

レイトルさんが息を吸い込んだ後、突きを繰り出した。

トカゲ野郎のもう片方の腕が消し飛ぶ。

更にもう一発。今度は片足だ。

「ギ、ギ、アァ……」

「んじゃ、そろそろ死ぬか？」

レイトルさんが槍を振るとトカゲ野郎の首が切断された。

ごとりと落ちたトカゲ野郎の頭が、よりによってオレの足元に転がる。

ちょ、これ頭だけで噛《か》みついてきたらやばくない？

「ギ、ァ……」

「生きてるし！」

思わずその場から離れた。だけどそれっきりトカゲ野郎の頭は沈黙した。

死んでる？　死んでるよな？　信じるぞ？

「よう、苦労かけちまったな（胸騒ぎがしたからな。急いで戻ってよかったぜ）」

「レイトルさぁ――――ん！」

「うぉ！　ルオン！　だ、抱き着くな！（き、気色わりぃ！　蕁麻疹《じんましん》がでてきた！）」

「マジで死ぬかと思った！　終わったと思った！」

「わかった！　わかったから離れろ！　やめろぉぉ！（これが綺麗な女性だったらなぁ！）」

オレを引きはがしたレイトルさんはめっちゃ距離を置いてきた。

命の恩人にそういうことされると悲しいな。この際、男だっていいじゃないか。オレは気にしてないぞ。

＊＊＊＊

双尾の侵緑主討伐の喜びは第四部隊の全員で共有した。

リザードマン討伐作戦といっても、あの化け物を叩かないことには本質的な解決には至《いた》らない。

手下のリザードマンをすべて合わせても、あの化け物一匹の脅威《きょうい》には劣《おと》る。

任務前から胃が痛かったと告白したマークマン隊長は涙を流しながらオレ達に感謝した。

レイトルさんに感謝するならわかる。

まさかオレの手を握って何度もありがとうと言ってくれるとは思わなかった。

部下達もマークマン隊長を取り囲んで、同じく涙を流して喜んでいる。

あんなに人望があっていい人なのに奥さんに逃げられたバツイチだなんて。

それとも死地から生還できるという喜びからくるものかもしれない。

野営地の撤収作業は速やかに行われた。予定ではヒドラ込みでも、もう少し時間がかかるはずだったらしい。

あの双尾の侵緑主は騎士団の一部隊が手に負えない化け物だ。

下手をすれば、騎士団で総力を挙げて討伐することになっても不思議じゃなかったとレイトルさんは言う。

「レイトル、君が来てくれて本当に助かったよ（もう娼館《しょうかん》通いができなくなるかと思った）」

「ドドネアの奴がいれば、もっと早く終わったんだけどな。あいつのほうが適任だっただろうに、ちょうど任務の時期が丸被《まるかぶ》りしやがった」

「しかし今回はルオン君がいち早く襲撃に気づいてくれたおかげで助かったよ。彼は何者なんだ？（隙あらば我が隊に迎えたいものだ）」

「村出身の田舎者《いなかもの》らしいぜ」

「それだけか？」

「あいつ、自分のことはあまり喋らないからな。何よりエルドア公爵が追及してないっぽい」

オレが片付けの手伝いをしている最中、二人の不穏な心の声が聞こえる。

評価してもらえるのはいいけど、オレはどう考えても騎士なんかできない。

考えてみなさいって。いくら任務を遂行《すいこう》するためとはいえ、だ。

投石だの目つぶしだの転ばせたりだの、みっともない戦いを騎士としてやっちゃダメだろ。頭が固いお偉いさんが見たら即解雇《かいこ》を要請するよ。

オレとしては結果さえ出せば過程なんて気にするなって感じだけど、世の中の人達はそう思わない。

オレみたいなのはのらりくらりとしているくらいがちょうどいい。

で、そのマークマンさんがこっちに来たよ。

ギリギリ近づくまで気づかない振りをしよう。あわよくば素通りしてくれ。

「ルオン君、改めてお礼を言わせてくれ。我が隊を救ってくれてありがとう（ふーむ、見るからに平凡な少年だな）」

「どういたしまして」

「双尾の侵緑主の接近に気づけたのは、その神器のおかげと言っていたな。とはいえ、私はスキルや神器ですべてが決まるわけではないと思っている。つまりルオン君、君の洞察力や警戒心は驚嘆《きょうたん》に値《あたい》する」

「どういたしまして」

すみません。片付けが忙しいので、だいぶ後にしてもらえますか？

話が変な方向にいかないよう、あえて忙しそうに移動したんだけどなんか普通についてくる。

部下が見てますよ。

「君はヒドラから所属の要請のようなものが来ていないか？（来てそうだなぁ。来てるよなぁ）」

「あー、実はそうなんですよ」

「やっぱりそうか。でも君ならヒドラでもやっていけそうだな」

「すみません。そういうことで」

オレはいそいそと作業を進めた。これでなんとか窮地《きゅうち》は凌《しの》げたか。

その場凌ぎとはいえ、こういうウソはつきたくなかったけどな。おかげで諦《あきら》めて離れていってくれた。

「レイトル。ルオン君はどうもヒドラに勧誘されているそうだな」

「へ？　あいつがそう言ってたのか？」

娼館通いバラすぞ、コラ。まずいぞ。レイトルさんはなんて反応する？

いや、普通に笑い飛ばすだろ。あんな未熟な奴がヒドラなんて百億年早いってな。

レイトルさん、言ってやれ。

ヒドラはルオンみたいな半端な野郎に務まるほど、甘い組織じゃないって。

ヒドラは自分みたいな圧倒的戦闘能力を持った選ばれし精鋭の集まりだって。さぁ！

「そうか！　ようやくあいつもその気になってくれたかぁ！」

あのさぁ。なんで歓迎しちゃうの？

オレはトカゲのボスにびびってあんたに抱きついた変態野郎だよ？

プロの目から見て、オレにそんなもん務まるはずないってわかるよね？

しかもようやくってさ。あたかも待っていたかのような口ぶりだよ。

「ルオン、お前がその気なら死ぬほど鍛えてやるぞ（わかってる。口が滑《すべ》ったんだろ？）」

「レイトルさん。オレみたいなのが勧誘されてるなんてウソをつく奴を許しちゃダメだと思いますよ」

「ヒドラは簡単に噛まないんだよ」

「それっぽいこと言わないで」

レイトルさんには感謝してるけど、オレはあくまで依頼を引き受けただけだ。

エルドア公爵にどんな思惑があるのかは知らないけど、オレは絶対に自由に生きてやる。

「ルオン」

「うひゃい！」

背後から話しかけてきたのはシカだ。心の声を殺して接近してこられると、生きた心地がしない。

「どうした？」

「どうしたというか、だな（シカ、言え。言わないほうが恥だぞ）」

「どうしたというか、だな？」

「その、アレだ（アレじゃない！　シカ、貴様はこいつに助けられたのだぞ！）」

「その、アレだ？」

「ええい！　復唱するな！（やっぱり腹立つ！）」

シカの顔がゆで上がったみたいに赤くなっている。

オレだって忙しいんだからさ。復唱して次の発言を待つ権利くらいあるだろ。

なんかすっごいモジモジして、なかなか言ってくれない。どうしてしまったんだ？

「シカちゃん！　一緒に言おう？」

「エ、エフィ……」

「せーのでね？」

「わ、わかった」

なぜかエフィが加勢にきた。

「せーの……ルオン君って強いんだね！」

「助けてくれて感謝するっ！」

まったく違うじゃねーか！　シカの覚悟を踏みにじってるじゃねーか！

ほら、ぷるぷると震えて睨んでるぞ。

「あああぁ――――――！」

「お、おい……」

シカが叫んでいなくなったぞ。どうでもいいけど後片付け、手伝えよ？

ヒドラだからってさぼっていいわけじゃないからな？

オレだって、これは依頼に含まれてないのでやりませんで突っぱねることもできるんだからな？

さすがにそれは人としてどうかと思うから手伝ってるんだからな？

でも、あのシカがオレにお礼を言うなんてな。悪い気がしないどころか、少しほっこりしたよ。

こうしてリザードマン討伐はようやく終わった。後はエルドア公爵のところに帰って報酬《ほうしゅう》をもらうだけだ。

訓練の依頼とかいう珍妙なものの期限も迫っているし、終わればオレは晴れて自由。

マークマンさんが部下達を中心として、オレのことを話していた気がするけどオレは自由。

自由ったら自由だ。

＊＊＊＊

「遅くなってすまなかった。どうしても席を外せなくてね」

リザードマン討伐から帰ってきたオレ達は、屋敷の応接室でエルドア公爵を待っていた。

約束の時間より三十分ほど遅れてきたエルドア公爵はきちんと頭を下げる。

忙しい身だろうし、平民のオレがそれを責められるわけがない。

今日はちょうど依頼の期日だ。半年間、オレはずいぶん鍛えられた。

初めて屋敷の門をくぐる前と今では体の重さが違う。それはきっと自分なりの最小の動きを見つけたからだ。

ヒドラでは終始、誰それの技を伝授してもらうということはなかった。

ひたすら基礎の積み上げと自分の戦い方の模索《もさく》、これが強くなるための近道だ。

レイトルさんから教えてもらった戦いの基礎、ドドネアさんに教えてもらった魔法の基礎。

基礎といってもオレは国内でもトップクラスの人間から教わっている。

それらは決して派手な技ではないけど、自信をもって技と言えるはずだ。

今だからこそわかる。エルドア公爵がいかに普段から無駄のない動きをしているか。

今、暗殺者が現れてこの人を攻撃しても間違いなく返り討ちにあう。

食事中だろうが入浴中だろうが、リラックスした状況でも動けるような動きを身につけているからだ。

咄嗟《とっさ》のことに対応できる動きが身についているから、あんなに余裕がある。

改めて思うけど、この人はどこでその技を身につけたんだろうな？

「私が気になるかね？（だいぶ成長したようだね）」

「え？　まぁ、そうですね。やっぱり気取られちゃいましたか」

「気にする必要はないよ。私なら相手がレイトルでも、先手で動ける（たぶんね）」

「上には上がいるってレベルじゃないですね」

あらゆる手段を用《もち》いたとしても、この国でこの人を殺せる人間はいないだろう。

オレがこの人より強くなる必要はないけど、敵に回さないようにする必要はある。

出されたティーカップに口をつけると、すでに飲みきった後だった。オレ、緊張してるな？

「先日のリザードマン討伐、感謝する。実を言うと少し早いかなと思ったのだがね。話を聞いてみたら予想以上の立ち回りで驚いたよ」

「結局、オレ達だけじゃどうしようもありませんでしたけどね」

「あれはしょうがない。レイトルは『ドドネアの魔法ならもっと早く終わっていた』と言うが、奴の狡猾さを思い知っただろう？」

「はい。わざわざレイトルさんが出ていったところを狙ってきましたね」

「相手がドドネアなら、もっと狡猾に立ち回っていただろう」

そういうことか。単純に誰が有利とか、強いみたいな結論だけで決まる世界じゃない。

ドドネアさんがいたら、あのトカゲ野郎はもっと時間をかけて狙ってきた。

そうこうしているうちにこちらの食料や体力が尽《つ》きる。

あいつもバカじゃないから、誰がどれだけやばいのかを見極《みきわ》めていた。

つまりオレ達は舐《な》められていたってわけだ。

言ってしまえば、あのトカゲ野郎が油断してくれたおかげで助かったようなものだった。

「君達がいなければ逃がしていたかもしれないとレイトルは言っていたよ（あれもずいぶんとルオン君を気に入ったものだ）」

「レイトルさんに向かってくれて助かりましたね」

「格下の君に手傷を負わされて、頭に血がのぼっていたのだろう。だから双尾の侵緑主を討伐できたのは、君のおかげと言っていい」

「ありがたく喜びます」

ここまで公爵様に褒めてもらったら、オレだって嬉《うれ》しい。

確かにレイトルさんはあの後、オレに何度も謝ってきた。

自分の判断ミスだと、キャラに似合わず自分を責めていたな。

どちらかというとオレ達に指示を出していたのはマークマンさんだった気がするけど。

「まずはリザードマン討伐の報酬だな（本当はもっとあげたいのだけど、予算がね……）」

「……重みがすごい」

「それと半年間、ご苦労だった。銀貨五十枚を受けとってくれたまえ（あわよくば、味を占めてヒドラに来てもらえないだろうか）」

「ありがとうございます。大切にします」

じゃらっと音を立てる銀貨の重みがオレの成果か。自分にそこまでの価値はないと思っている。

だけどエルドア公爵はエフィにも同じ金額を支払っていた。

エルドア公爵が人を正しく評価できるんだとしたら、オレ自身にこの重みがあるということ。

ダメだ。やっぱり実感がわかない。

オレはこれからもやりたいように生きるし、そんなオレが誰かのためになるとは思えない。

オレを見て刺激を受ける奴なんてこの世にいるのか？

だけどこの重みは覚えておこう。つまり自分を安く売らない。これができる。

ネリーシャやエルドア公爵のおかげで、自分への客観的評価の基準がわかった。ありがたいことだよ。

「さて、これからの予定だがまず君には」

「おっと、その手には乗りませんよ」

「冗談だよ。君は自由だ（惜しかった）」

冗談に聞こえなかったが。あわよくばの精神がすごかったが。

「それでこれからどうするつもりかね？」

「冒険者ギルドに行ってみます。この王都には色々な仕事があるみたいですからね」

「それはいい。君という存在をこの王都に知らしめるには絶好の場所だ（実に都合がいい）」

「そんな存在感は自覚してませんけど、勉強になることがあればいいなと思ってます」

それか、まったりと王都観光をしてみるのもいいかもしれない。

あくせくと働くのもいいけど、休息も必要だ。

ずっとヒドラの猛者《もさ》達の中で揉《も》まれ続けるのは精神衛生上、あまりよくない。

「ルオン君、ドドネアさんから教えてもらったんだけどね。王都においしいスイーツの店があるの」

「すいーつ？　あぁ、甘いアレか」

「そーそー！　食べにいこ？」

「悪くないな」

スイーツ、村ではあまり縁がない食べ物だ。これも味わっておくのも悪く――いや、待て。

エフィ、こいつまさかオレについてくる気か？

なんでしれっと誘ってきてるんだ？　さすがに途中で別れるよな。

オレについてくるメリットなんてないんだからな。

閑話三　耳兜の噂

「アストン、お疲れ」

「ラークもお疲れ。明日は二人とも非番だね」

きつい訓練が終わった後、俺達は水分補給をしながら互いに今日の苦労をねぎらった。

相変わらずビルク隊長には目をつけられているが、以前より風当たりは弱くなった気がする。

というのもアストンの提案通り、第三部隊で飲み会をやることが決定したからだ。

あの気張った悪魔顔のビルク隊長に堂々と飲み会なんか提案できるんだから、アストンは大物だ。

どこかゆるくて飄々《ひょうひょう》としたところはルオンに似ているかもしれない。もっとも、品格では比べようもないが。

「ラーク、今日は早めに訓練が終わったからさ。ちょっと王都に出ようか」

「門限あるだろ？」

「平気だって」

「一秒でも遅れたら悪魔顔の隊長にぶっ殺されるんだが……」

と言いつつも、アストンに強引に連れ出された。夜の王都は相変わらずの賑《にぎ》わいを見せている。

この国は大陸内においては他国よりも資源に恵まれているし、出稼ぎにくる人間も多い。

夜の王都を歩きながら、俺はぼんやりと考えた。

この平和を守るのが俺達、ビルク隊長が口を酸《す》っぱくして俺に叩《たた》き込《こ》んだことだ。

酔っぱらったおっさん達がふらつきながらも歩けるのは、治安の良さがあるからだろう。

俺達は適当な店に入ってテーブル席についた。それぞれフルーツドリンクを注文する。

「……俺達って毎日、きつい訓練してるけどさ。役に立つ日がくるのか？」

「こないほうが平和でしょ。それに俺達、第三部隊は王都警備と調査が主な仕事だからね」

「確かに、せいぜいチンピラを捕まえるとかその程度だよな。平和すぎるのも考え物だ」

「じゃあ、第四部隊みたいにリザードマン討伐《とうばつ》でもするかい？」

アストンによるとつい最近、第四部隊が遠征から帰ってきたみたいだ。

そういえばサルクト森林で繁殖《はんしょく》したリザードマンの討伐が大成功を収めたとか、騎士団内でも報《ほう》じられていたな。

俺としてはそういう仕事がやりたかった。きつい訓練ばかりじゃ嫌になるのも当然だろ。

「マークマン隊長は銀貨を手にして今頃、休暇《きゅうか》を利用して娼館《しょうかん》通いだろうね」

「ゲッ、そんなことしてんのかよ。これだからおっさんは……」

「ラークもそのうち、良さがわかるようになるんじゃない？」

「俺は絶対にそんなところは行かんぞ。男が廃《すた》る」

マークマン隊長か。冴《さ》えない顔をしたおっさんなのは記憶している。

それでも第四部隊は魔物討伐専門、これまでも功績はあるんだろう。

「今回はあのヒドラが出てきたみたいだね。あの双尾《そうび》の侵緑主《しんりょくぬし》を仕留めたのはさすがだよ」

「ヒドラって確か王国の精鋭中の精鋭部隊とか言われているやつか？」

「王国軍事機関ヒドラ。この国が攻められても一日で決着がつくと言われている。この大陸内でも屈指《くっし》の最強部隊だよ」

「なんで俺はそこに配属されなかったんだ？」

「あそこは騎士団とは独立した部隊みたいだからね。特に総司令のエルドア公爵《こうしゃく》は王家にも睨《にら》みを利《き》かせているという話もある。お互い、おいそれと干渉できないって感じだろうね」

確かにヒドラは皆が知っているくらい有名だ。だけどその実態は謎に包まれている。

俺もいつどこでその名を聞いたのかわからない。でもいつの間にか名前だけは知っている。

「でも面白いのはヒドラの人間と一緒に冒険者がいたんだってさ。騎士団内はその話で持ちきりだよ」

「冒険者？　ヒドラが連れていたのか？　どういうことだ？」

「噂《うわさ》じゃヒドラが次期メンバーとして迎える人間とか、色々言われているよ。そのために同行させたってね」

「おいおい、そんなのズルだろ。どこのどいつがそんなに優遇されてるんだ？」

「これがまたおかしくてさ。一人は変な兜《かぶと》を被《かぶ》った子どもらしいよ」

変な兜？　子ども？　かすかな違和感があるのは気のせいか？

「マークマン隊長が自分の部隊でその話ばっかりするものだから、すっかり広まってるみたい」

「その変な兜のそいつは何者なんだよ？」

「なんでもあの双尾の侵緑主を仕留めるのに一役買ったらしいよ。休暇前にマークマン隊長がずっと我が部隊にいつか来るとか、自慢していたらしいね。うるさくて他の隊長からは煙《けむ》たがられてるみたいだけど……」

「そんなに評価されてるってのか？　よっぽどいいスキルなのか？　それとも神器《じんぎ》か？」

俺は思わず前のめりになった。なんだ、この胸騒ぎは？

どこの誰かもわからない奴《やつ》に、俺はなんで不安を覚える？

双尾の侵緑主は第八部隊を半壊させた前代未聞《ぜんだいみもん》の化け物だと聞いている。

騎士団ですら手を焼いている化け物討伐に子どもが一役買った？

そんな奴がいるとしたら、なんで俺は騎士団止まりなんだ？

なんで俺はヒドラに目をかけられない？

「詳しいことはわからないけど、こう……。耳の部分だけ守った変な兜を被ってたらしいよ。耳兜、なんちゃって」

「そ、そいつは、年齢とかどのくらいだ？」

「さぁ、そこまでは……。でも、すごいよね。同年代でそんなにすごい奴がいるとしたら、励《はげ》みになるよ」

「そ、そう、だな」

耳兜。それを聞いて、嫌でもあのルオンを思い出してしまう。

あいつのはずはない。あいつは村にいるはずだ。

何の欲もなく、今日も畑仕事をやって惰性《だせい》で過《す》ごしている。

それにあのヘッドホンとかいう神器は間違いなく大したものじゃない。神官達が立ち会って検証したはずだ。

あり得ない。そうわかっているはずなのに、オレは動悸《どうき》が激しくなった。

「ラーク？　どうしたの？　気分でも悪い？」

「なぁ、アストン。もし、もしもの話だ。もし、何かの偶然ですごく強い奴がいたとしてさ。そいつが村人でも、ヒドラに目をかけられたりするものなのか？」

「ヒドラは謎が多いから、なんとも言えないなぁ。僕みたいなのがエルドア公爵のことなんかわかるわけないし……」

「そ、そうだよな。変なことを聞いて悪かった」

「いやいや、そろそろ帰ろうか。門限やばいかも？」

「ゲェッ!?」

俺達は急いで会計を済《す》ませてから店を出た。

全速力で騎士団の宿舎に戻ったものの、待ち構えていたのは悪魔だった。

一発ずつ強烈なのをもらった上に二人揃《そろ》って一週間のトイレ掃除を命じられたけど、俺の中のモヤモヤは消えない。

まさか、な。

エピローグ

オレは王都の冒険者ギルドに来ていた。

まず思ったことはめっちゃ広い。受付がいくつもあるのが衝撃だ。

壁には賞金首や行方不明者の顔が描かれた張り紙が大量に張られている。

眺めてみると賞金額はピンからキリだ。下は銅貨数百枚、上は金貨五枚と幅広い。

賞金首というとヒゲが生えていていかにも人を五、六人は殺してそうな凶悪面を想像する。

だけど意外とそうでもないんだな。この容姿なら劇団でも人気が出そうだし、色々な生き方があっただろうに。

などと会ったこともない賞金首の可能性を想像してしまう。それだけこの冒険者ギルドには情報量が多い。

他にはアーティファクトの買い取りや働き手の募集なんかで壁一面が覆いつくされていた。

古い張り紙は色が変わっていて、寂《さび》しさを感じる。

オレが依頼が書かれている張り紙を眺めていると、エフィがぐいっと覗《のぞ》き込《こ》んできた。

「ルオン君。また飲食店でお仕事するの？」

「それも悪くないけど、せっかく鍛《きた》えたんだ。少しくらいは狩りや討伐《とうばつ》の依頼をやってもいいかもな」

「じゃあ、この金貨五枚の災疫《さいえき》のディーザがいいよ！」

「名前からしてやばそうなので却下《きゃっか》」

そういうのはヒドラに任せようね。

お前、オレがそれいいなとか言って討伐に乗り出したらついてくるのか？

怖い奴《やつ》だな。今のオレは金に困っていない。

だったら比較的、難易度が低そうなものを選んで場数を踏んだほうがいいだろう。

しばらく張り紙を眺めていると、後ろから冒険者達の会話が聞こえてくる。

「双尾《そうび》の侵緑主《しんりょくぬし》を騎士団が討伐したってよ」

「オレの獲物《えもの》だったのになぁ」

「バカ、お前じゃリザードマン数匹に囲まれて終わりだよ。だけどその中に冒険者がまじっていたらしいぜ」

「冒険者が？　騎士団に？　そんな依頼なんてあったか？」

「さぁ、わからんが知り合いの騎士が教えてくれたんだ。なんでも珍妙な兜《かぶと》を被《かぶ》った冒険者らしいぞ」

栄えある王国騎士団にまじって珍妙な兜を被った冒険者が？　そんなふざけたことがあるんだな。

そいつが双尾の侵緑主を転《ころ》ばせて止《とど》めを刺そうとしたけど失敗したなんてことはさすがにないでしょ。

「双尾の侵緑主討伐に一役買ったとかで、騎士団ではかなり評価されているらしい」

「へぇー、そいつは得したなぁ。それって騎士団入りあるのか？」

「騎士団どころか、お偉い貴族から声がかかりそうなものだけどな」

「噂《うわさ》では国の上層部がそいつのことを騎士団に聞いて回っているとかなんとか」

「マジかよ⁉」

マジかよ。珍妙な兜を被って戦ったばっかりに、気の毒に。

でも珍妙な兜の冒険者君、しょせん噂は噂だ。

普通に考えて、国の上層部の話がこんなところにまで出回っているわけない。

オレの村でも、そういう噂はあった。ノビンさんの鼻食《はなぐい》スキルの話が王様の耳に届いて、近いうちに国に招待されるとかざわついていたよ。

どう考えても一番気の毒なのはノビンさんだった。しばらくソワソワしていたもんな。

噂の出所は酔《よ》っぱらった親父だとオレは思っている。一度、しょっぴかれたほうがいい。

「おい、そこの少年」

「そこの少年？」

「君だよ、君」

「あぁ、たぶんオレ？」

肩に手を置かれたらしらばっくれるわけにはいかない。そこにいたのは三人の冒険者だ。

三人とも剣士で、実力はそこそこって感じか。前の町ならトップを独走するレベルの人達だ。

さすが王都、冒険者となればこの人達でさえ中堅なのがわかる。だって他にも強いのがゴロゴロいるからな。

「君、冒険者か？　よかったら俺達のパーティに入らないか？（ラッキーだぜ。ちょうど荷物持ちが欲しかったんだ）」

「オレが？　なんでオレ？」

「見たところ、相当腕が立つだろ。その年齢で大したものだよ（テキトーだけどな。こんなガキが強いわけねぇわ）」

「こんなに多くの冒険者がいる中でオレ？」

うわぁ、なんかこういうの久しぶりだよ。ていうか王都に来てまで必死すぎるだろ。

これだけの冒険者がいるのに、どれだけ勧誘できなかったんだ？

「見たところ、将来有望って感じだよ。あ、俺達はイエローファングって名前で活動してるんだ（そこそこ名が通っているからな。驚くかもな）」

「イエファン？　知らないなぁ」

「そうか、そうか。でも実力には自信があるぜ（いきなり略しやがったぞ、こいつ）」

「そうなんだ。でも荷物持ちなら、そっちのつるつる頭の人にやらせればいいんじゃない？余分なものを持っているみたいだからさ」

イエファン達が凍《こお》り付《つ》いた。オレに指されたつるつる頭が、なんのことだとばかりに口を開けている。

「に、荷物持ちだなんて人聞きが悪ぃ。それにこのゲハンはうちの切り込み役だからな（な、なんだよ、こいつ？　いや、偶然だ。バレてない）」

「えぇ？　でもお酒を隠し持ったまま切り込めるのか？　さっきからそいつの道具袋がタプタプいってるけど？」

「ほ、本当か？」

「確かめてみれば？」

リーダーの男がゲハンの道具袋を漁《あさ》り始《はじ》めた。

「ボ、ボグレー！　やめろ！　何をする！（うわあぁぁ！　やべぇ！）」

「ゲハン。お前、このヒョウタンはなんだ？　酒の匂いがするが？（こいつ……！）」

「そ、それは、狩りから帰ったら飲もうと思ってたんだよ（やばいやばい、うまい言い訳をしないと！）」

「この前もお前が酔っぱらったせいで狩りに失敗したよな？　もう酒はやめるって約束したよな？（こいつ、ぶっ殺す）」

こんな内輪もめをしているものだから当然、目立つ。

すっかり見世物になっているな。一体誰のせいでこうなったんだか。

それともう一つ、気になる音があるんだよな。それはボグレーとかいうリーダーの道具袋からだ。硬貨とは別の音がする。

「そっちのボグレーさんだっけ？　さっきから宝石っぽい音がなってるけど、意外と金持ちじゃん」

「え？　は？　は？　な、何のことかな？（う、ウソだろ）」

その瞬間、ゲハンともう一人がボグレーから道具袋を剥ぎ取った。

そして取り出したのは見事な宝石だ。あれほどの純度の宝石はなかなかないよ。知らんけど。

「ボグレー！　このアレクシアの輝石《きせき》は数日前に採ったやつじゃねえか！　パーティの精算用とは別に隠し持ってやがったのか！（怪しいと思ってたんだよ！）」

「お、落ち着け！　後でサプライズする予定だったんだよ！（これでごまかすしかない！）」

「やたら娼館《しょうかん》通いが多くなったから、おかしいと思ったんだよ！　この前も宿を抜け出して行ったんだな！（俺だって我慢してるのによ！）」

「行ってない！　行ってない！（せっかくキャリーちゃんといい感じになったのに！）」

なんて脆《もろ》い冒険者パーティなんだ。こういうことがあるから、オレはあまり集団の中に入りたくない。

人間関係のストレスほど無駄なものはないからな。

親父が無駄に健康的なのも、ストレスを一切感じてないからだ。

憎《にく》まれっ子世《よ》に憚《はばか》るなんて言うけど、憎まれてる奴は他人に気を使わないから長生きする。

オレも極力、ストレスのない人生を送りたいと思う。

だったらモンスター討伐なんかしないのが一番なんだけどさ。

「ボグレーさん。安心してよ。キャリーさんに会ったら、ボグレーさんは元気にしてるって伝えておくよ」

「なんで知ってんのぉ――――！（こいつ何者だよ！　関わるんじゃなかった！）」

「ボグレー！　ちょっと外で話そうや！（これ以上、見世物になるわけにはいかん！）」

イエファンの三人がギャーギャー言いながら、外へ出ていった。こうしてオレの平穏は保たれたのでした。

まったく、王都だってのに油断ならないな。いや、王都だからか。

きっとああいうのは氷山の一角なんだろうな。

オレみたいなのをカモにしようとする連中もいるってことか。

「クスクス……。相変わらずね」

「ネリーシャ、いたんだ」

一部始終を見ていたのか、ネリーシャが楽しそうに笑っていた。楽しんでもらえたなら、金を払ってくれてもいいぞ。

＊＊＊＊

場所を変えてカフェで落ち着くことにした。

オレ達と別れた後、ネリーシャは王都で精力的に活動をしていたみたいだ。

冒険者として顔を広くしておくのが重要だと考えており、いろんな冒険者とパーティを組んでいたらしい。

積極的でご苦労なことだけど、オレには考えられないことだ。組んだ相手がイエファンみたいなのだったらどうするのか。

そう考えただけでオレには集団行動が向いてないとわかる。ただネリーシャの考えでは、それは良くないとのこと。

冒険者同士、助けたり助けられたりする関係になる可能性がある。

それにコミュニケーション能力を磨《みが》いておかないと、あらぬ噂を立てられることもあるそうだ。

よく知らない奴として不信感を持たれていると損《そん》なことしかない。

そこで予《あらかじ》め多くの冒険者と仲良くなっておいて、いい評判を立てておけばそういったことも抑えられる。

鍛冶《かじ》代無料に目がくらんで格下と見込んだ相手を負かす。

荷物持ちをさせようとしてきた冒険者達の内情を暴露《ばくろ》する。

そんなことをしても敵を増やすだけだ。どこかの耳兜に聞かせてやりたい教訓だな。

「ルオン君、少し会わないうちに見違えたわね（というより別人とすら思えるわ）」

「少し背が伸びたかな?」

「本当にあのヒドラのところで鍛えられたのね（じゃなかったら説明がつかない。次に戦ったらどうなるか……）」

「想像に任せるよ」

「エフィもついていったの？（いないと思ったらそっちにいたのね……）」

「何の断りもなく、な」

そのエフィは自分の話題だというのに、ジャンボカオティックパフェをおいしそうに食べている。

口の周りにクリームなんかつけやがってからに、呑気《のんき》なものだ。

「ヒドラねぇ。そういうの喋《しゃべ》ってもいいの？（ルオン君ってそういうのポロッと言っちゃいそうなタイプねぇ）」

「たぶん大丈夫だよ」

別に口止めはされてないけど、確かに万が一ということはある。

余計なことを言ったせいで夜、枕元にシカが立っていたらと思うと怖くて眠れない。

でもエルドア公爵《こうしゃく》のことだ。オレの人間性を知っていながら内部に招いたんだから、何かあったとしてもあの人の責任じゃ？

その責任の代償をオレの命で清算されちゃ敵《かな》わない。

「ふーん……。じゃあこれも想像だけど、双尾の侵緑主討伐に一役買ったと言われている冒険者ってやっぱりあなた達でしょ」

「想像に任せるよ」

「じゃあ、あなた達ね（もっとうまくごまかしてほしいわね）」

「あまり想像ばかりしていると現実との区別がつかなくなるぞ」

あの場には大勢の騎士がいたから、噂になるのもしょうがない。

ましてや耳兜なんて被りやがってからに、余計に目立ってるんだ。

バレようがバレまいが実はどうでもいいけど、自分から言いふらす気はない。

「あー……私もスカウトされたかったな。ていうか、しれっとついていったエフィも面倒を見てもらったわけ？」

「しれっとついていって流れで鍛えてもらったよ！」

「なにそれ。ヒドラってそんなに緩《ゆる》いの？」

「各戦闘部隊の人が直々《じきじき》にスカウトしてエルドア公爵がオッケーって言ったらオッケーなんだって！」

「えぇ？　だったら私にもチャンスあったじゃない」

おい、なんだそれ。オレも知らない内情を暴露しやがったぞ、こいつ。枕元にシカが立っていても知らないぞ。

「ま、私は冒険者が性に合ってるからいいけどね。それにしてもエフィ、ずいぶんとルオン君のことが気に入ってるのね？」

「面白いからねー」

「まるで恋人じゃない。あ、もう付き合ってるとか？」

「恋人？　よくわかんない」

なんか超絶面倒な方向に話を持っていこうとしてないか？

なんでどいつもこいつもすぐそういう考え方するんだ？

サナも四六時中キープがどうとか考えてたみたいだし、そのせいってわけじゃないけどうんざりなんだ。

大体な、男女が一緒にいたらすぐに恋だの愛だの短絡的すぎる。

そういうこと言い出したら男女の冒険者パーティなんてどうなる？

勘違いする奴が出てきてトラブル満載だろ。あ、いたわ。

ネリーシャに一方的に言い寄ってまったく相手にされてなかった奴が。あいつは優秀だよ。反面教師として。

「ルオン君はどう？」

「どうって何がさ」

「エフィと恋人になるとしたら、よ」

「死ぬほど面倒だから遠慮する」

「お子ちゃまねぇ。ねぇー、エフィ？」

エフィと顔を合わせて、ねぇーとか言ってんじゃねえぞ。

そいつも大概、意味がわかってないだろ。

つい最近、そういうのに熱心な奴が近くにいたから胃もたれしているんだ。女が住んでいる部屋や家の鍵をいくつも持ち歩いて、いつでも遊びにいけるとか自慢していた奴が。

なんとかっていうサービスを使ってまったく面識がない女を部屋に呼べるとか。

そんな奴でも国内トップクラスの実力者なんだからな。

「まー、その歳《とし》じゃ無理もないけど恋愛って悪いことばかりじゃないのよ。冒険者同士、付き合ったり結婚して成果を上げている人達もいるんだからね」

「それはご立派なことで」

「エフィと協力して双尾の侵緑主を追い詰めたんでしょ？　それ相性ばっちりよ」

「やめてくれ、大声を出すぞ」

話を聞いているとこうムズムズする。

真面目《まじめ》一筋だと思っていたネリーシャが楽しそうにこんな話をするなんて。

ある意味きっかけになったエフィは、ジャンボカオティックパフェを完食していた。こいつのメンタルが羨《うらや》ましい。

「ルオン君には恥ずかしい話みたいだからこの辺にしておくわ。私だったらサクッと付き合っちゃうけどね（いい人いないのよねー。むっさいおじさんとか、軽薄《けいはく》な男ばっかりでねぇ）」

「だったらサーフでよかったじゃん」

「ルオン君、冗談でも時として命にかかわることだってあるのよ？」

「人にはグイグイくるくせに酷《ひど》いや」

人が嫌がることをするくせに、自分がやられるとちょっと殺気を出してくる。

こういう大人にはなりたくない。オレの見解で言えば、サーフは悪くない気がするけどな。

確かに軽薄そうで薄っぺらそうだけど、やったことに対してきちんと反省できる。

風呂の中で粗相《そそう》をして謝りもしない父親を持つ身としては、謝罪できるかどうかが人間としての分岐点だと思う。

気づかずに入っちまったのは未《いま》だに忘れてないからな。

「話は変わるけど、イエローファングはあまりいい評判を聞かなかったからね。スカッとしたわ」

「マジで変わりすぎだな」

「おかげであの人達も冒険者ギルドで噂になるはずよ。ああいうのってすぐ広まるからね」

「ついでに居合わせた耳兜のことは忘れてほしいな」

だとしたらオレの噂も加速する可能性があるか。

ただでさえトカゲ野郎討伐の件で広まりつつあるんだからな。

エルドア公爵、レイトルさん、ヒドラの面々。娼館通いの隊長とその部下達。

これだけ噂の発信源があれば十分だ。まさかオレなんかの名が売れるとは思いたくないけどな。

何にせよオレは名声や出世に興味がない。これからも一人で生きていく力を身につけるために精進《しょうじん》するのみだ。
そう決意しつつ、オレはカフェを出てネリーシャと別れた。

書き下ろし　その幼馴染、打算的

「サナ。女の人生は夫で決まるの」

お母さんにそう言われたのが五歳の時だ。五歳の私に夫なんて言われてもわかるわけがない。それでもお母さんは嬉《うれ》しそうに、何度も言い聞かせるように語った。

お母さんとお父さんは仲がいい。お父さんは元々行商人として財《ざい》を成《な》した人で、資産を持《も》て余《あま》しながら旅をしていた。辿《たど》りついたこの村でお母さんと出会って結婚、二年後に私が生まれた。

結婚後、お父さんは行商人を辞《や》めて村で暮らすことにした。稼《かせ》いだお金でレンガ造りの立派な家を建てて、調度品なんかも行商人時代の伝手《つて》でいいものを仕入れている。他の村人達は畑仕事で生計《せいけい》を立てていたけど、我が家だけはお父さんのお金のみで暮らしていた。

生涯、生きていけるだけのお金は稼いだ。後はどこかの田舎《いなか》で余生《よせい》を送りたい。そんな夢を持ったお父さんの心を射止《いと》めたのがお母さん。生まれてきたのが私だ。

食べ物は村人からお金で野菜を買う。お風呂も他の家は薪《たきぎ》でお風呂を沸《わ》かしていたけど、我が家だけ魔道具で湯沸かしができる。そんな環境にいた私達は一部から怪訝《けげん》な目で見られたし、最初は嫌だった。でも成長するにつれて、私はお母さんの言葉の意味を理解するようになる。

「お父さんはなんで私を好きになったと思う？　それは美貌よ。美しさという武器があったからこそ、今の生活があるの。お父さんは私を愛してくれるし、私もお父さんを愛している。すべてはこの生まれ持った美貌があったからこそなのよ」

男は綺麗《きれい》な女が好き。そして美貌は私にも備《そな》わっているとお母さんは教えてくれた。そうはっきりと自覚したのは七歳の頃だ。

「サナちゃんはお母さんに似て美人さんだねぇ」

「サナちゃんなら結婚相手も困らないだろうな」

「結婚するとしたら同じ歳《とし》のラークかルオンかしらねぇ」

村人達の集会で私は大人達によく褒《ほ》められた。私は何もしてないのに、大人達は勝手にちやほやしてくれる。お母さんの言葉の意味が理解できた時には、私の意思は固まっていた。

（私はかわいい。私ならお母さんみたいに素敵な相手と結婚できる）

そう自覚した時から将来の結婚相手を見定めるようになった。村には子ども達がたくさんいるけど、同年代の子はたった二人だけだ。

ラークは顔は悪くないし活発だ。だけど年下の子ども達相手に威張《いば》り散《ち》らして泣かせていたし、あんなのと結婚したら大変なことになる。極めつけは剣の訓練の時だ。

「ハッハハッハッ！　まーた俺の勝ちだなぁ！　ルオン！」

「まいったまいった」

ラークが倒れているルオンに剣を突きつけていた。ルオンは土を払いながら、黙って立つ。

村ではある程度の年齢になると、剣術を学ばされる。こんな辺境の村まで王国は面倒を見てくれない。衛兵を派遣されるはずもなく、村人達が力をつけて守るのが基本だった。

ラークとルオン、どちらが強いかなんて明白だ。剣術指導をしているバンさんもラークは褒めるけど、ルオンを褒めたことは一度もない。あれこれと指導をしているけど、ルオンの剣術はまったく上達しなかった。

「ルオン、お前はもう少し気合いをいれろ」

「入れてるよ」

「まずは声を出せ。覇気《はき》で負けていたら、そのまま押し切られるんだぞ」

「覇気があって勝てる程度の相手なら、大した奴《やつ》じゃないでしょ」

こんな風にルオンはいちいちバンさんに屁理屈《へりくつ》をこねる。一方でラークは活発で、バンさんの教えをどんどん吸収しているように見えた。

私はそんな様子を座りながらいつも見ている。ラークとルオン、結婚するとしたらどちらかだ。ラークが話にならない以上、選択肢はなかった。

「どぉりゃあぁ――――！」

「くっ……！」

ルオンがラークに剣ごと吹っ飛ばされて倒れた。背中やお尻を強くうちつけたのか、ルオンがなかなか立ち上がらない。

「ルオン！　大丈夫⁉」

「あぁ……」

私はすぐにルオンのところに駆け寄って手を差し伸べた。ルオンが私の手を握って立ち上がると、ラークが鼻で笑う。

「へっ！　女に起こされるとはとことん情けねぇな！」

「バカラーク！　たかが訓練でそこまでやることないじゃない！」

「訓練だろうと全力でやらなきゃ意味がないんだよ。そうだろ、ルオン？」

ラークの問いかけにルオンは答えない。何を考えているのか、表情を変えずにラークに向かって一礼した。

「そうだな。ラークの言う通りだよ」

「ルオン、悔しくないの？」

「別に……」

そう言ってルオンはバンさんに促されて、また剣を構える。次の模擬戦も同じ結果だ。ラークには歯が立たず、ルオンの剣が弾《はじ》かれて勝負がつく。

私から見ても才能の差は一目瞭然《いちもくりようぜん》だった。ルオンが弱いというより、ラークが強すぎる。実際にバンさんもそんなことを言っていたから間違いない。

「ラークは将来、騎士団からスカウトされてもおかしくない。神託《しんたく》の儀《ぎ》の結果次第ではもしかするかもしれんな」

バンさんもラークを高評価していた。バンさんだけじゃなく、村人達もラークを褒めている。出世や将来性という意味ではラーク以外にない。だけど私はルオンをキープすることにした。

ラークの性格で出世なんかするはずがなく、選択肢はない。次第にルオンと一緒にいる時間が増えた。

「ルオン、またラークに負けたの？」

「あぁ」

「落ち込まないでね。私だけはルオンの味方よ」

「そうか」

二人っきりで川辺でお喋《しゃべ》りもした。ルオンは素《そ》っ気《け》なかったけど、これは恥ずかしがっているに違いない。お母さんもそう言っていた。男の子というのは必要以上に女の子を意識するものだ。

ルオンは私と目を合わせようともしない。これも恥じらいだと思うと、かわいく見えた。ほっぺたをつっつくと顔を逸《そ》らす。お母さんにそれを報告すると、脈ありだと言ってくれた。

ルオンがラークに負けるたびに庇《かば》ってあげる。それだけで私の評価は上がった。サナちゃんは優しい、サナは立派なお嫁さんになる。すごく心地がいい。

「ギャッハハッハッ！　ルオン！　これで通算何連敗目だぁ⁉」

「ラークは黙ってて！　ルオン、怪我《けが》はない？」

うるさいだけのラークはただ強いだけ、将来性なんかない。そもそもこんなガサツなのが出世するわけがない。騎士様というのは誇《ほこ》り高くて弱い人間を守ると聞いている。ラークみたいな弱い者いじめをする人間なんかいない。

それに比べてルオンはまだマシだ。大きな出世は見込めないかもしれないけど、神託の儀の結果次第ではどうなるかわからない。神器《じんぎ》やスキル一つで平民から高い地位についた偉人もいるから、十三歳になるその日が楽しみだった。

家で両親にルオンのことを話すと、お母さんはあくまでキープにしておきなさいと言う。私もそう思う。一方でお父さんは少し変わったことを言った。

「あの子はよくわからない。行商人時代、色々な人間を見てきたけどあれほど何に化けるのか予想がつかない人間もいない。いや、もしかしたらすでに化けているのかもな」

お父さんの言うことはさっぱりわからない。要するにルオンを選ぶのは大きな賭けってことかな？　だったらお母さんと大体同じことを言っている。

そして時が流れていよいよ神託の儀を行う日がやってきた。対象者は私とルオン、ラークだ。村人達は盛り上がっているけど、私は何でもよかった。結婚して養ってもらえばいいだけだからね。最初はラークみたいだけど、正直どうでもいい。

「し、神剣エクスカリバー！　万物《ばんぶつ》を斬り裂くことができる！　しかも絶対に盗まれないし壊れない！　こ、こんな村の子どもが、伝説の剣を！」

神官が声を張り上げた。

は？　ウ、ウソでしょ？　まさかラークにそんなすごいものが与えられるなんて。村人達から賞賛の声が上がっていて、私は戸惑った。

ラークだけはないと思っていたけど、ここにきて心が揺らいでしまう。どうしよう？　ええい！　サナ！　いっちゃいなさい！　少しでもラークを褒めるのよ！

「ラーク！　すごいじゃない！」

「ありがとな！　サナ！　お前はあまり気負《きお》うなよ！」

「えぇ！　でも私もそんな神器がいいわ！」

ウソだ。私はなんでもいい。ラークの前で少しでも前向きな自分を演じただけだ。だけどその後、私に授《さず》かったのはなんと回復スキルだった。さすがに舞い上がっちゃった。しかもお城に来てほしいってさ。思わずラークに釣られていい返事をしちゃった。

でも神器次第ではルオンも誘われるはずよ。いいところ見せてよね！

「その神器はヘッドホンというらしい。音がよく聞こえるようになる。絶対に盗まれないし壊れない。以上」

場が静まり返った。誰も言葉を口にできず、本人すらぼーっとしている。いや、いつものことだけど。

私の中で急速にルオンに対する期待がしぼんでいった。ない、絶対にない。そう結論を出した私は翌日からラークに切り替えた。前日にルオンがラークに卑劣な手段で勝ったのを見て、猛烈に冷めたというのもある。今まであんな奴をキープしていたなんて恥ずかしい。

旅立ちの時、ルオンが挨拶《あいさつ》に来てくれたけど無視してやった。父親が汚い手で挨拶を求めてきたけどこれも無視。おならを当てた手で握手を求めるとか、頭おかしいんじゃないの？　親子共々、ろくでもない。

「サナ、お前よかったのか？」

「何が？」

「ルオンだよ。あいつのこと好きだったんだろ？」

「別に？」

王都行きでの馬車の中、ラークが質問してきた。私の中にルオンという存在はすでにない。あるのは隣にいるラーク、ガサツでも出世の見込みがあるだけマシだ。

「それでよけりゃいいけどな」

「なに、どういう意味？」

「いや、別に」

ラークってこんな含みを持たせることを言う奴だった？　きっと初めての王都行きで緊張してるに違いない。細かいことを気にせず、これから始まる新生活に思いを馳《は》せた。ひとまずラークをキープ枠として、王都に行くとなれば貴族や王子とも謁見《えっけん》するチャンスがあるかもしれない。私の美貌なら王子様だって惚《ほ》れるはず。狙えるなら王女の座だって狙うわ！

あとがき

皆さんは本編を読んだ後にあとがきを読む派でしょうか？　ここでは本編を読んでいただいたと想定して語りますね。

異世界にヘッドホンというアイテムがあったらどういう効果か？　ヘッドホンとは聞くアイテムですから、どう考えてもこうなってしまいました。色々な音を拾って相手の心の声が聞こえる。ハッキリ言ってチートなので扱いには困りました。

どんな企《たくら》みや戦法も知られてしまえば無力、情報を制する者が戦いを制する。こんなもので物語が成立するのかと当初は思っていました。だから以前からアイデアはあったものの、ずっとお蔵入りしていたのです。

異世界に転移か転生した主人公がヘッドホンだけを頼りに生き抜いていくといった構想もありました。戦闘能力皆無《かいむ》という設定でもあったのですが、自分には扱いきれないと判断してボツにしました。

しかし実際に書いてみれば意外とヘッドホンというアイデアを扱えたのです。ルオンは戦闘能力はありますが最強ではありません。作中でも彼より強いキャラがたくさんいます。心が読めたところで勝ち目はありません。ルオンの強さを微妙なところで設定するだけでよかったんですね。そもそも彼らとは戦う必要がないという。その代わりと言ってはなんですが、戦闘以外では無類の強さを発揮します。行商人（偽《にせ》）と受付嬢、イエローファングの時ですね。

ルオンは捻《ひね》くれております。ヘッドホンなんかで心の声を聞いてしまったら普通は人間不信になる。そうならないようにキャラ設定を練った結果、彼が誕生しました。年齢の割には達観《たつかん》しているルオンは普通の生き方じゃストレスマシマシになると悟っています。

これは私自身の考えも少しだけ反映しているのです。いい学校を卒業していい企業に就職して結婚して子供を作る。これだけが最良の人生ではないはずです。人生なのですから色々な生き方があってもいいいと思います。

悩みの大半は金と人間関係、そして健康です。これらをいかに遠ざけるか、そうなると一般的な人生では難しい部分もあるでしょう。言ってしまえばこれらを極力抑えることができれば、充実した人生と言えます。何もお金持ちにならなくてもいい。高い地位につく必要もない。自分がいかに満足できるか、それだけが重要ということですね。

またこんな世の中、何が起こるかわかりません。突然食糧危機に陥《おちい》るかもしれない。電気やガスが使えなくなるかもしれない。そうなったら我々はかなり苦しむでしょう。少なくとも文明に頼り切った生き方をしている自分は生きていけません。

いざとなった時、世の中の変化に対応して生きていくことも大切です。その時のために色々と準備をしている人もいると聞いています。立派です。自分にはとてもできません。

裸になっても生きていけるような力を身につけろとルオンの父親は言ってます。ルオンは父親の教えに共感しているのです。

あとがき

この作品やルオンは自分のこれまでの人生観を反映している部分があるので、創作を始めた当初は思いつかなかった内容だと思います。

皆さんの人生観はどうでしょうか？　おそらくあまり共感は得られないだろうなと思ってこんなあとがきを書いているので、戯言《ざれごと》だと思って読み流していただければ幸いです。

そうそう、ルオンの他にはヒロインですね。ルオンに反してエフィはおちゃらけたキャラになりました。理屈っぽいキャラがヒロインだとルオンと度々ぶつかってしまうと思ったのです。あまり刺々しい雰囲気にしたくなかったのと、私が男主人公に対するヒロインを考えるのが苦手という事情もあります。女主人公の作品はこれまで何作も書いてきたのですが、男主人公とセットとなると途端《とたん》に思いつかなくなるのです。これは地味に課題ですね。

こんな本作ですがお買い上げいただけた方には大変感謝します。なかなかイラストレーターが決まらない中で引き受けてくださったネコメガネさん、かわいいイラストを描いていただけて本当に嬉しいです。実は以前から気に入っていました。特に大きい被りものエフィは予想以上にかわいいです。その他、編集者さんや出版に携《たずさ》わった方々に深くお礼を申し上げます。

もしこの作品を気に入っていただけた方が多ければまたお会いできるかもしれません。その時はまたここにつらつらと戯言を書き綴《つづ》りたいと思います。ぜひ一人でも多くの方に届いてほしい、そう願いつつ筆を置かせていただきます。

二〇二三年十二月十四日　ラチム

ネコメガネ

耳兜《みみかぶと》の冒険者《ぼうけんしゃ》

～あいつに聞《き》かれるな・目《め》を合《あ》わせるな・関《かか》わるな～

2024年1月30日　初版発行

著　　者　ラチム
イラスト　ネコメガネ
発 行 者　山下直久
発　　行　株式会社KADOKAWA
〒102-8177 東京都千代田区富士見2-13-3
電話 0570-002-301（ナビダイヤル）
編集企画　ファミ通文庫編集部
デザイン　AFTERGLOW
写植・製版　株式会社スタジオ205プラス
印　　刷　TOPPAN株式会社
製　　本　TOPPAN株式会社

●お問い合わせ
https://www.kadokawa.co.jp/（「お問い合わせ」へお進みください）
※内容によっては、お答えできない場合があります。
※サポートは日本国内のみとさせていただきます。
※Japanese text only

ISBN978-4-04-737762-2 C0093

COLOPHON

MIMIKABUTO NO
BOUKEN SHA

スキル《ダンジョン生成》を
使ったら、
最強魔王六人の
主になっていた!?
activation
{ Dungeon Generation }
未実装の
ラスボス達が
仲間に
なりました。
The unimplemented end-stage enemys have joined us!
Author ながワサビ64
Illust. かわく

修太郎と
魔王たちの邂逅は、
デスゲーム世界の
希望となるのか⁉
《START: DEATH GAME》
ゲーム内に
閉じ込められた
プレイヤーたちも、
それぞれの思いを
賭けて奔走する‼
The unimple
mented
end-stage enem
have joined us
contract: { BOSS MOB }
The Six Demon Kings
and the Lord of the Dungeo